Boy Lornsen

Klaus Störtebeker

BOY LORNSEN

KLAUS STÖRTEBEKER

Gottes Freund und aller Welt Feind

Anaconda

Die Erstausgabe des Textes erschien 1980 im Thienemann Verlag. Orthografie und Interpunktion wurden für diese Ausgabe auf neue deutsche Rechtschreibung umgestellt.

MIX
Papier | Fördert gute Waldnutzung
FSC® C083411

Penguin Random House Verlagsgruppe FSC® N001967

Die Deutsche Nationalbibliothek verzeichnet diese Publikation in der Deutschen Nationalbibliografie; detaillierte bibliografische Daten sind im Internet unter http://dnb.d-nb.de abrufbar.

Umschlagmotiv: Hans Bohrdt (1857–1945), »Bunte Kuh«, Private Collection / © Arkivi UG / Bridgeman Images
Umschlaggestaltung: www.katjaholst.de
Satz und Layout: InterMedia – Lemke e. K., Heiligenhaus
Druck und Bindung: CPI books GmbH, Leck
Printed in the EU
ISBN 978-3-7306-0465-6
www.anacondaverlag.de

Für Dirk

Wenn die Historie es nicht weiß,
darf der Autor für möglich halten,
was ihm selber nicht unmöglich erscheint

... und so könnte es angefangen haben:

Es war im April des Jahres 1391. Von Rügens hoch ragenden Kreidefelsen aus hätte man zwei Segel gesehen. Ein Segel folgte dem anderen, beide lagen hart am Wind und beide zogen westwärts. Die Schiffe aber sahen einander noch nicht.

Ein wütender Wind kämmte die Baltische See. Von Westen her kam er, hetzte seine Wellenhunde nach Osten zu, dass denen der weiße Schaumgeifer vor den Mäulern stand. Mit den Wolken trieb er Schindluder, mal jagte er sie zuhauf, mal scheuchte er sie auseinander, bis ihnen das Fell in Fetzen davonstob. Dazu ließ er noch seine Böen pfeifen, um zu zeigen, wer hier der Herr und Meister war.

Das Segel, welches am weitesten zu Ost stand, schob eine große Kogge voran, die mühelos durch die grobe See schnitt und dem vorderen Segel stetig näher rückte.

»Wenn der Wind so bleibt, können wir noch vor Dämmerungsbeginn an der Durchfahrt bei Swante Wustrow stehen«, sagte der krummrückige Jerk Fretwurst zu seinem jungen Maat.

»Soll mir nur recht sein, Schiffer«, antwortete der Junge. »Wird auch Zeit, dass ich nach Hause komme. Meine Frau muss inzwischen ein Kind geboren haben. Das dritte! Und hoffentlich ist es diesmal ein Junge!«

Der Alte rieb sich die knotigen Hände. Ihn plagten andere Sorgen. »Die elende Gicht sitzt mir schon in allen Knochen«, jammerte er. »Soll auch meine letzte Reise sein. Und bei Gott, diesmal mach ich Ernst!« Es war, als hätte Jerk Fretwurst das zweite Gesicht. So nahe kam er seinem Schicksal.

Hoffentlich steigt er aus, der Alte!, dachte der Maat. Aber laut sagte er: »Wer so viele glückliche Reisen hinter sich brachte wie Ihr, hat seinen warmen Herdplatz verdient. Ich gönn ihn Euch, Schiffer!«

»Glaub's gern«, knurrte der Alte gallig und dachte bei sich: Der Junge wünscht mich möglichst bald von Bord! Kann's ihm nicht mal verdenken. Wie viele Maate wären gern Schiffer der »Schwalbe von Ribnitz«! Ist ja auch das schönste und schnellste Schiff auf dem ganzen Baltic. Jerk Fretwurst seufzte.

Aber sein junger Maat sollte nie Schiffer der »Schwalbe von Ribnitz« werden …

Der schwarze Holk tat sich schwerer mit Wind und Wellen als die Kogge. Rügens Felsenmauer wollte ihn nicht loslassen; so langsam kroch er voran und dabei gab er sein Bestes her. Sein Vierkantsegel stand brettsteif, seine Leeseite tauchte tief in die See ein.

Sein Bug hieb in die Wellen, dass die Gischt spritzte, und dazu ächzte das gequälte Holz.

Vom Schiffsvolk war wenig zu sehen. Die meisten hatten sich in geschützte Winkel verkrochen. Oben auf der Mastspitze musste sich der Ausgucksmann an den Tonnenrand klammern, weil er wie mit einem Peitschenstiel durch die Luft geschwenkt wurde. Auf dem hohen Achterkastell hielten sich drei Männer trotz der geneigten Decksplanken aufrecht.

»Verdammter Westwind! Unser Segel steht zum Bersten voll und wir kommen kaum von der Stelle!«, fluchte der Riese mit dem weizengelben Haarschopf grimmig und starrte zu den hochmütigen Felsen hinüber, als wollte er sie mit seinen Blicken achteraus zwingen. »Und wenn ich unser altes Heringsfass ganz bis nach Rostock hinprügeln soll – wir müssen dabei sein, wenn die Sache ausgehandelt wird. Was denkst du, Kleiner?«

»Recht hast du, Klaus! Wenn wir unsere Löffel nicht mit in den Brei stecken, sichern sich nur die adligen Herrn die Vorteile. Sie werden ohnehin versuchen uns die Drecksarbeit aufzuhalsen. Und ich sag dir, sie sind auf Kriegerruhm aus, rechnen damit, dass König Albrecht sie später reich mit Gütern belehnt, sobald er sich die Schwedenkrone wieder aufs Haupt stülpen kann.«

Diese Antwort gab der zweite Mann auf dem Achterkastell. Ein Männchen, ein Zwerg war es, ging dem Riesen bis eben über den Schwertknauf und klammerte sich an dessen Ledergurt fest wie die Miesmuschel an dem Eichenpfahl.

Der Riese ließ sich Klaus Störtebeker rufen. Ob das wirklich sein ehrlicher Name war, wusste keiner an Bord. Aber das wussten alle: Seine Stärke und Verwegenheit reichte für drei Männer aus und dazu war er noch ein selten guter Seefahrer. Klaus Störtebeker konnte ein Schiff durch die Hölle segeln, wenn sie ihm grad quer im Weg lag.

Der Zwerg nannte sich Magister Wigbold. Er hatte sich mit den sieben Künsten abgegeben, gab aber keine Auskunft, wo das gewesen war, warum er davon abließ und welche Umstände ihn auf das Achterkastell eines Seeräuberholks gebracht hatten. Denn der schwarze Holk war ein Seeräuberschiff! Und der Zwerg war der schlaueste und listenreichste Kopf, der sich zurzeit auf der Baltischen See herumtrieb.

Ein Riese und ein Zwerg! Ein sonderbares Gespann hatte sich da für das Räuberhandwerk zusammengetan. Aber man sollte bald von ihnen hören.

»Fall ab, Maat!«, rief Störtebeker dem Mann am Ruderholz zu. »Gib dem alten Fass so viel Wind, wie's vertragen kann! Wollen doch hoffen, dass die Planken noch bis Rostock zusammenhalten!«

Der dritte Mann auf dem Achterkastell legte das Ruder nach Lee, sagte aber kein Wort. Er redete überhaupt so wenig, dass man glauben konnte, er wäre stumm. Seine Arme waren muskelbepackt und am Ruder tat er eine Arbeit, zu der bei diesem Wetter eigentlich drei Männer nötig waren. An Störtebekers Länge fehlte ihm eine Handspanne, dafür war er breiter gewachsen und schwer wie ein Eichenstubben. Wenn er sprach, kamen die Worte seltsam gurgelnd aus seinem schiefen Mundschlitz. Gern schaute niemand in sein Gesicht. Das Feuer hatte es verwüstet und bis zum Schädel hinauf, der kahl war, einen schaurigen, blauroten Narbenacker hinterlassen. Sie nannten ihn den Namenlosen.

Zögernd wanderten Rügens Kreidefelsen achteraus, so als wollten sie den schwarzen Holk nur ungern aus ihren Griffen lassen.

»Kann auch sein, dass wir uns in Rostock auf ein schlechtes Geschäft einlassen«, sagte Störtebeker nachdenklich, denn er war sich noch nicht im Klaren über den Nutzen dieser Sache. »Bisher haben wir unsere Schiffsnase nur dahin gerichtet, wo uns Glück und Beute winkten. Bis jetzt waren wir freie Raubgesellen. Nun wollen wir uns auf den Fürstendienst einlassen. Das will mir immer noch nicht gefallen!«

»Vogelfreie Gesellen sind wir, Klaus. Vogelfrei! Vergiss das nicht! Galgen oder Richtschwert sind uns sicher, wenn sie uns fangen. Hätte nichts dagegen, es mal anders zu versuchen. Ehrbare Kaper wären wir dann in Diensten des Herzogs von Mecklenburg. Hört sich das nicht gut an? Von einem Tag auf den anderen sind wir ehrliche Leute geworden. So schnell geht das! Wir können weiter kapern und rauben. Mit Brief und Siegel sogar! Und brauchen uns nicht mal umzugewöhnen, Klaus.« Der Zwerg schüttelte sich vor Lachen und wiegte dabei seinen großen Kopf hin und her.

»Verdammt, Kleiner! Ist *das* eine Welt!«, schrie Störtebeker. »Freie Raubgesellen und Fürstendiener tun beide dasselbe und doch ist es nicht dasselbe!«

»Den Unterschied macht, wer's tut – der Herr oder der Knecht. Merkst du das erst jetzt?«, spottete der Zwerg. »So war's doch schon immer und so wird's auch wohl bleiben, denk ich. Das Recht schläft nun mal am liebsten beim Unrecht.«

»Ich würd's ändern, wenn ich Herr wär!«

Der Zwerg kicherte. »Nimm dir nicht zu viel vor, Klaus Störtebeker. Darüber sollte einer erst reden, wenn er Herr ist, und wenn's so weit ist, hat er seine guten Vorsätze meist vergessen. Tun wir lieber eins nach dem anderen. Zum Herrn gehört das Geld – je mehr Geld, desto mehr Macht. Also müssen wir zuerst für das Geld sorgen! Was diese Kaperbriefe angeht ...«

»Kaperbriefe!«, unterbrach Störtebeker ihn ärgerlich. »Darauf spuck ich! Sind wir denn nicht immer *ohne* gut zurechtgekommen? Und immer glücklich dabei gefahren?«

»Das schon. Aber *mit* Kaperbrief läuft es noch besser für uns. Sieh's mal von der richtigen Seite an, Klaus: Zu diesen Mecklenburger Kaperbriefen gehören die Häfen Rostock und Wismar. So kriegen wir endlich mal Heimathäfen, in denen wir im Winter

Sturm und Eisgang behaglich abwettern und unser Schiff instand setzen können. Brauchen uns nicht mehr in entlegene Winkel zu verkriechen wie die räudigen Köter. Und jetzt kommt noch das Wichtigste: Wo lässt sich das Beutegut wohl leichter in Silber ummünzen als in den Hafenstädten? Da drängen sich doch die Krämer! Und ich sag dir, Klaus, die lecken sich nun schon alle Finger nach den guten Geschäften, die sie mit uns machen wollen.«

»Ich merk schon, Kleiner, du drehst und wendest die Dinge so lange, bis sie auch mir schmecken. Also gut! Versuchen wir's mal als ehrbare Kaper mit Brief und Siegel. Werden ja sehen, wie sich der Fürstendienst anlässt.«

»Nur ein schnelleres Schiff fehlt uns noch. Damit könnten wir doppelt so viel Beute machen«, maulte der Zwerg.

»Glaubst du vielleicht, mir gefällt diese lahme alte Balje? Wer keinen Wein hat, muss wohl oder übel Wasser saufen. Da sollte schon ein verdammt glücklicher Zufall nachhelfen, anders kommen wir schwerlich zu einem guten Seerenner. Der läuft uns davon, wenn wir ihn jagen.«

Der kleine Magister ließ den Gürtel des Riesen los. Hätte Störtebeker ihn nicht mit raschem Griff eingefangen, wäre er wohl über das schräge Deck in den Baltic geschlittert und manches in dieser Geschichte hätte eine andere Wendung genommen.

»Halt, mein Kleiner! Ich brauch dich noch.«

»Hab Dank dafür«, krächzte der Zwerg erschrocken. »Um den Körper wär's nicht schad gewesen – aber um den Kopf! Was unser neues Schiff angeht ... Gib mir Bescheid, wenn das richtige in Sicht ist, dann wird mir schon die List einfallen, wie wir's kriegen. Nur gut, dass die Gaben unterschiedlich verteilt sind. Mein Kopf und deine Muskeln geben ein feines Gespann ab.«

»Will es zugeben – deine Schlauheit ist mir die halbe Mannschaft wert«, sagte Klaus Störtebeker gutmütig und legte seinem Ratgeber den Arm um die mageren Schultern. »Werde nur aufpassen müssen, dass ich dich nicht verliere.«

Fast zur selben Zeit bekamen die beiden Schiffe einander in Sicht.

»Segel etwas in Luv voraus!«, sang der Ausguck aus dem Krähennest der »Schwalbe von Ribnitz« nach unten aus.

»Lass es nicht aus den Augen!«, schrie Jerk Fretwurst nach oben.

»Segel achteraus! Steht eben leewärts!«, meldete der Ausguck des schwarzen Holks an Deck.

Kein anderer Ruf brachte Seeräuber schneller auf die Beine. Im Nu drängte sich ein waffenstarrender Haufe vor dem Achterkastell zusammen. Segel in Sicht! Das verhieß Beute!

»Segel kommt rasch auf!«, sang der Ausguck nach unten.

Störtebeker und der Magister starrten lange Zeit achteraus. Nur der Namenlose am Ruder hielt die Augen nach vorn. Unter tief ziehenden Wolken jagten sich die weißen Wellenkämme. Ein Segel tanzte darauf und es näherte sich so schnell, wie sie es noch nie erlebt hatten. Dabei hatten sie viele Segel näher kommen sehen, seit sie die Baltische See kreuzten.

»*Den* Seerenner schau dir an, Kleiner! Fliegt übers Wasser, als ob er Flügel hätte!«, brüllte Störtebeker und schlug vor Begeisterung mit der Faust auf das Schanzkleid. Dann packte er den Magister Wigbold bei den Schultern, schüttelte ihn wie einen leeren Sack. »Da segelt unser neues Schiff! Das müssen wir kriegen, hörst du! Jetzt mach dein Versprechen wahr und brüte mir eine List aus. Aber rasch, sonst läuft es uns auf Nimmerwiedersehn davon!«

Der Zwerg warf nur noch einen kurzen Blick auf das fremde Schiff, schaute dann zum Himmel hinauf und auch auf das brettsteife Segel.

»Der harte Wind kommt uns fein zupass. Damit könnt's gehen«, murmelte er.

»Beeil dich, Kleiner!«, drängte Störtebeker.

»Nur einen Augenblick zum Nachdenken gib mir noch, Klaus. Dann sollst du haben, was du brauchst.« Der Zwerg senkte den Kopf und schloss die Augen.

Auch auf der »Schwalbe von Ribnitz« hatten Sie das fremde Segel nicht aus den Augen gelassen.

»Ein schwarzer Holk ist es. Sind kümmerliche Segler, diese schweren Holks«, brummte Jerk Fretwurst vor sich hin. Seine Augen leisteten noch weit mehr als die gichtgeplagten Knochen. »Er zeigt keine Flagge. Siehst du eine, Klas?«

»Ich seh auch keine, Schiffer«, bestätigte der Maat.

»Keine Flagge … Gefällt mir nicht«, knurrte der Alte und befahl den Männern am Ruderholz: »Haltet mehr nach Luv rüber! Wir wollen lieber den besseren Wind nehmen.«

»Bist du so weit?«, fragte Störtebeker, der seine Ungeduld nicht mehr bezwingen konnte.

»Wir können es schaffen, Klaus«, antwortete der Zwerg triumphierend. »Hör gut zu: Jagen können wir den nicht. Er ist uns über, was das Segeln angeht. Das weißt du so gut wie ich. Also muss es andersherum laufen – wir müssen ihn dazu bringen, dass er freiwillig zu uns längsseits kommt …«

»Freiwillig zur Schlachtbank? Das glaubst du doch selber nicht!«

»Er darf eben nicht ahnen, dass wir ihn kapern wollen.« Der Zwerg begann eifrig auf den Riesen einzureden. Seine List schien ungewöhnlicher Art zu sein. Störtebeker schüttelte mehrmals heftig den Kopf, bevor er dann Zustimmung nickte.

»Ich will's wagen, Kleiner. Wer zu viel bedenkt, kommt nie zur Tat.« Dem Namenlosen befahl er:

»Sorg dafür, dass sofort der lübische Doppeladler gesetzt wird!«

Vom Achterkastell herab musterte er gleich darauf seinen buntscheckigen Haufen. An die siebzig Männer standen bereit, mit Enterbeilen, Piken und Schwertern bewaffnet; Vogelfreie waren es, Geächtete und Landflüchtige, Freiwillige und Gepresste, aber Männer, die bereit waren, für Klaus Störtebeker den Teufel aus der Hölle zu holen.

»Hört, was ich euch zu sagen habe, ihr Satansbraten«, begann ihr Hauptmann seine Rede und der Haufe johlte ihm zu, als hätte der Teufel selber ihnen ein Schmeichelwort zugerufen. »Ruhe an Deck! Sperrt lieber die Ohren gut auf! Muss es kurz machen. Das Segel da achteraus seht ihr selber und auch, dass es zu einem verdammt feinen Renner gehört, der viel besser zu uns passt.« Er schob den Magister Wigbold nach vorn, legte ihm die Hand auf die Schulter. »Der hier hat einen feinen Plan ausgeheckt, wie wir dem Fremden beikommen können. Dazu müssen wir einen braven lübischen Holk spielen, der in Seenot gerät. Sollte euch sonderbar vorkommen, was ich nun sage: Haltet euer Maul! Zimmermann! Du machst dich mit deinen Leuten über unseren Mast her. Säg ihn zu drei Vierteln durch, von Luv nach Lee hin … ja, durchsägen hab ich gesagt, verdammt! Hast schon richtig gehört, Mann! Der Wind muss ihn brechen, sobald ihn die Luvwanten nicht mehr stützen. Fang an! Und beeil dich! Dann brauch ich noch vier Kerle, die sich bei den Luvwanten ducken sollen, jeder ein Messer zwischen den Zähnen und bereit die Wanten zu kappen, wenn ich das Zeichen gebe. Alle anderen Gesellen bergen sich hinter dem Leeschanzkleid, klar zum Entersprung. Haltet eure Köpfe nach unten und lasst euch nicht blicken! Nur so viel Schiffsvolk darf sich zeigen, wie einem harmlosen Krämerholk zukommt, soll die List gelingen. An die Arbeit!«

»Was geschieht mit dem fremden Schiffsvolk?«, fragte einer, den sie an Bord den Pfeifer nannten. Ein mordgieriger Geselle war's, der mit Handbeil und Messer zugleich focht und dabei vor sich hin pfiff.

»Brauchen wir Leute?«, fragte Störtebeker seinen Ratgeber.

Der Zwerg schüttelte den Kopf. »Sind unnötige Zeugen, Klaus.«

»Dann schlagt die Mannschaft und schont das Schiff!«, sagte der Riese.

Der Pfeifer prüfte die Messerschneide mit dem Daumen und pfiff vor sich hin.

»Die Kogge steuert zu Luv!«, meldete der Ausguck im Krähennest.

»Zu Luv?«, Störtebeker schaute selber achteraus. »Verdammt! Da kann ich sie nicht brauchen!«, fluchte er.

»Warte die Zeit ab, Klaus, dann wird sie schon wieder auf unsere Leeseite zurückkommen. Nun hängt alles davon ab, dass ihr Schiffer ein ehrenhafter Seefahrer ist – zu seinem eignen Schaden …« Der teuflische Magister rieb sich die Hände.

»Der fremde Holk hat den lübischen Doppeladler gesetzt«, sang der Mann im Krähennest der »Schwalbe von Ribnitz« aus.

»Ich seh's auch. Aber warum zeigt er *jetzt* erst seine Flagge, frag ich mich. Das gefällt mir nicht. Nein, gefällt mir ganz und gar nicht!«, brummte der alte Jerk Fretwurst misstrauisch.

»Nanu, Schiffer, Ihr meint doch wohl nicht im Ernst, dass uns der lahme Holzschuh da vorn gefährlich werden könnte. Den segeln wir doch in Grund und Boden, wenn's drauf ankommt. Man kann auch zu vorsichtig sein ….« Der Maat brach unversehens ab und starrte mit offenem Mund auf den schwarzen Holk.

»Teufel! Was ist denn da los? Der Mast! Sein Mast ist über die Seite gegangen! Schiff in Not! Wir müssen helfen, Schiffer!«, schrie er mit überschnappender Stimme.

Dem Alten stand noch das helle Misstrauen im Gesicht. »Dabei könnten wir leicht selber in Not kommen, mein Junge, und was noch schlimmer wär – in Teufels Küche! Sind unsichere Zeiten, weiß Gott. Wär nicht das erste Mal, dass …«

»Schiffer!«, unterbrach ihn der Maat heftig. »Ihr wollt doch hoffentlich nicht Eure Pflicht als Seefahrer und Christenmensch verletzen? Dagegen müsste ich mich verwahren!«

Der Alte sah den Jungen hilflos an und rang mit sich selber um den richtigen Entschluss. Dann nickte er und dieses Nicken fiel ihm nicht leicht. »Ruder in Lee!«, befahl er und der Wache an Deck: »Fiert auf die Schot!«

Der schwarze Holk war nun genau das, wofür man ihn halten sollte: ein hilfloses, mastloses Wrack, das von den Wellen herumgestoßen wurde. Mast und Tauwerk trieben an seiner Leeseite im Wasser. Um die Täuschung vollkommen zu machen, ließ Störtebeker ein paar Leute aufgeregt an Deck hin und her rennen, und einige mussten sich über das Schanzkleid beugen, so als wollten sie den Wirrwarr außenbords klarieren. Die übrige Mannschaft durfte sich nicht sehen lassen. Erst wenn die Kogge auf Enternähe heran war und die Eisenhaken festsaßen, war sie an der Reihe.

Sobald der Zwerg sah, dass ihr Opfer nach Lee zurückschwenkte, um ihnen zu Hilfe zu kommen, jubelte er: »Sie tut's, Klaus! Wahrhaftig, sie tut, was wir wollen!«

Störtebeker nahm mit kalten Augen an seinem Opfer Maß. »Gut, Kleiner. Nun muss sie nur noch nahe genug ranscheren, dass unsere Enterhaken fassen.«

»Und wenn nicht, helfen wir nach«, sagte der Zwerg.

Die »Schwalbe von Ribnitz« schob sich spitz von achtern an das vermeintliche Wrack heran. Auf dem Achterkastell des schwarzen Holks führten drei Männer ein höllisches Stück auf. Klaus Störtebeker stand hoch aufgerichtet am Heckschanzkleid, tat, als winkte er hilflos die Retter heran. Magister Wigbold trieb es noch ärger, warf die Hände in die Luft und kreischte gottsjämmerlich: »Helft uns! Um des Himmels Lohn – helft uns!« Nur der Namenlose rührte sich nicht, stand starr wie ein Fels und wog die Schlingen einer Wurfleine in der Hand. Er sollte den ersten Enterhaken werfen und der musste fassen, sonst konnte der Plan nicht gelingen. Nun bog Störtebeker die Hände zum Trichter: »Nehmt uns in Schlepp, ich bitt Euch! Kommt näher heran, dass wir die Leine werfen können!«

Nicht einmal die fahrenden Schausteller auf den Märkten hätten dies Theater des Satans besser aufführen können.

War's ein Wunder, dass der junge Maat der »Schwalbe« von so viel Jammer angerührt wurde! Zum ersten Mal in seiner Seefahrerzeit erlebte er ein Schiff in Not. Darum wohl nahm er einen Befehl vorweg, der eigentlich seinem Schiffer Jerk Fretwurst zugekommen wäre.

»Das Ruder in Luv! Schert näher ran!«, schrie er den Rudersleuten zu. Die Kogge luvte gehorsam an; der Abstand zwischen den beiden Schiffen verringerte sich rasch …

»Ruder in Lee! Haltet ab! Um unserer aller Seelen willen – haltet ab! Sonst sind wir verloren! Ein Seeräuber ist es! Ich seh Gewappnete!«, brüllte Jerk Fretwurst in höchster Not. Aber seine Warnung kam um zwei Dutzend Menschenleben zu spät.

Dann geschah vieles zur gleichen Zeit oder so schnell aufeinander, dass ein Erzähler mit Worten nicht folgen kann.

Zuerst schleuderte der Namenlose seinen Enterhaken zielsicher über das andere Schanzkleid. Dann holten er und Störtebeker mit ihren Riesenkräften die Leine hart durch. Der Haken krallte sich ins Holz. Der Abstand zwischen beiden Schiffen wurde noch geringer. Mehr eiserne Haken flogen durch die Luft, fanden ihr Ziel. Und so wurde die schnelle »Schwalbe von Ribnitz« an ein Wrack gefesselt, dem sie Hilfe bringen wollte.

Klaus Störtebeker tat den ersten Sprung, das Langschwert in der Hand, und nach ihm sprang der Namenlose mit der furchtbaren Eisenstange. Beide allein hätten die »Schwalbe« leicht erobern können. Sie brauchten die Hilfe der Raubgesellen nicht, die nach ihnen auf das fremde Deck quollen. Magister Wigbold blieb auf dem schwarzen Holk zurück. Er hatte seinen Teil getan und der Kampf war nicht seine Sache.

Es war kein Kampf, nur ein Totschlagen. Siebzig Gewappnete gegen armselige zwei Dutzend, die sich noch nicht mal wehren konnten. Nicht allein für Jerk Fretwurst – für alle an Bord wurde es die letzte Fahrt.

Nur dem jungen Maat gelang unverletzt ein Sprung in die See. Aber nie kam eine Kunde, dass er festes Land erreichte. So entging keiner dem Gemetzel.

Zuallererst rissen die Räuber die Luken auf und als sie das vortreffliche Danziger Bier entdeckten, war der Jubel groß.

Doch Klaus Störtebeker hielt den Daumen aufs Spundloch.

»Hände weg vom Bier!«, brüllte er seine Leute an. »Den leichten Sieg können wir versaufen, wenn der Anker gefallen ist. Zuerst brauch ich alle Hände für die Schiffe. Wollen zusehen, dass wir bald wieder in Fahrt kommen. – Maat! Du steigst mit dem halben Schiffsvolk auf den Holk über!«, befahl er dem Namenlosen.

»Lass die lange Tross klarlegen! Wir nehmen euch in Schlepp, bis der Mast wieder steht. – Zimmermann! Nimm dir so viel Männer, wie du brauchst, und richte den Mast wieder auf, den du absägtest. – Und ihr anderen macht mir hier klar Deck. Wascht zuerst das Blut von den Planken. Ich will ein sauberes Schiff!«

Störtebekers Befehle wurden ohne Widerspruch ausgeführt. Ohne strenge Zucht an Bord auch kein lohnender Seeraub! Das hatte er seinen rauen Gesellen so ins Fell gegerbt, dass sie sich daran hielten. Und sie fuhren gut dabei.

Die Sonne stand noch auf ihrer Mittagshöhe, als der Schleppzug in Fahrt kam. An einer dicken Tross zog die Kogge den schwarzen Holk hinter sich her, der ohne Mast wie ein leeres Fass in der hohen See taumelte.

Bald fielen sie nach Südwest ab, segelten an der langen Düneninsel entlang, die man Hiddensee nannte. Als sie deren Südspitze querab peilten, stand auf dem schwarzen Holk der Mast wieder aufrecht. Die Schlepptross wurde geworfen; er konnte sich nun selber den Wind fangen.

»Steckt ein Reff ins Segel!«, befahl Störtebeker der Wache und zu dem Pfeifer, der den Namenlosen als Maat auf dem neuen Schiff vertrat, sagte er: »Wir laufen dem Holk davon. Pass auf, dass der Abstand nicht größer wird.«

Als dann die Dämmerung einsetzte und das Tagesblau mit dem Abendsilber vertauschte, wurde es Zeit, einen Ankerplatz zu suchen. Zu leicht verlor man den schwarzen Holk in der Dunkelheit aus den Augen.

»Weiß gar nicht, warum ich die alte Balje immer noch mitschleppe«, murrte Störtebeker. »Hätten sie anbohren und versenken sollen. Wir brauchen sie nicht mehr.«

»Das sag nicht, Klaus. In Rostock wird sich leicht noch ein Krämer finden, der ihn uns für gutes Geld abnimmt.« Magister Wigbold ließ so schnell nichts aus den Fingern, was sich noch in Silber umwandeln ließ.

»Ich weiß einen guten Ankerplatz«, meldete sich der Pfeifer. »Bei Swante Wustrow gibt es ein Schlupfloch, das die See mit dem Bodden verbindet. Wir müssen kurz davor sein. Dort können wir unter Landschutz ankern.«

»Kennst du dich genau aus, Pfeifer?«

»Tat mal auf 'ner Wismarer Kogge Dienst und mit der bin ich viel in dieser Gegend rumgekommen. Die Durchfahrt finde ich leicht, denn nahbei steht ein Holzkreuz auf der Düne. Denke, das wird noch da sein.«

»Gut. Dann lots uns rein, entschied Störtebeker.

So kam es, dass die »Schwalbe von Ribnitz« in ihrem heimatlichen Bodden Anker warf und doch nicht zu Koggen-Monk, ihrem Besitzer, zurückkehrte.

Als die Anker Grund gefasst hatten und die Schiffe versorgt waren, gab Störtebeker das Danziger Bier aus der Last frei. Bald kreisten die Becher und je öfter sie wieder gefüllt wurden, desto lauter tönten die wilden Seeräuberlieder durch die Nacht. Nur der Namenlose ließ den Becher sein, nachdem er seinen Durst gestillt hatte. Er strich mit Katzenschritten ruhelos über das Deck, schaute zu dem nahen Land hinüber und wusste, dass er es nicht betreten durfte. Er liebte die See nicht, aber ihm blieb keine Wahl.

Unter dem Achterkastell der »Schwalbe« tranken die neuen Schiffsherren auf den gelungenen Raub. Ihre neue Kajüte war weit schöner eingerichtet als die auf dem schwarzen Holk. Die Decksbalken lagen so hoch, dass nur Klaus Störtebeker den Kopf neigen musste. Achtern und zu beiden Seiten waren Luken eingeschnitten, die man aufstellte, um Licht und Luft hereinzulassen, und nur bei schwerem Seegang verschlossen hielt. Ein langer, schwerer Tisch war in die Bodenplanken eingelassen, ebenso die Bänke, sodass nichts ins Rutschen kam, wenn das Schiff in den Seen rollte. Die Tranfunzeln waren so aufgehängt, dass sie frei hin und her schwingen konnten. Sogar zwei Schlafnischen für Schiffer und Maat hatte man durch Segeltuchwände abgeteilt.

Wirklich! Die neuen Schiffsherren waren sehr zufrieden.

»Das war ein billiger Kauf und ein guter dazu. Darauf trink ich – und auf dein Wohl, Kleiner!«, sagte Störtebeker lachend.

»Sogar das gute Danziger Bier für die Siegesfeier hat man gleich mitgeliefert«, gab der Magister kichernd Bescheid. »Das richtige Schiff haben wir jetzt, um die Herden der Kauffahrer zu scheren. Nun fehlt uns nur noch ein passender Name dafür, Klaus.«

Störtebeker besann sich nicht lange. »Seewolf soll unser neues Schiff heißen! Die braven Hansen sollen wissen, wer ihnen die Zähne in den Nacken schlägt!«

Sie zechten bis spät in die Nacht hinein und es war erstaunlich, was der Riese Störtebeker in sich hineinschütten konnte ohne von Verstand zu kommen. Auf dem Mitteldeck wurden die grölenden Stimmen zuerst leiser, um dann ganz zu verstummen.

Die Raubgesellen fielen um, wo sie gerade saßen, und schliefen ihren Rausch aus. Der Wind flaute ab und die Sterne wagten sich wieder heraus.

Da schrillte der Alle-Mann-Pfiff!

»Was ist da draußen los, verdammt!« Klaus Störtebeker stürmte aus der Kajüte und der Zwerg Wigbold folgte ihm wie sein Schatten.

Es war derselbe Tag, an dem die schnelle »Schwalbe« in falsche Hände geriet.

Am Vorabend war die Sonne rot wie ein Möweneidotter hinter der Welt verschwunden und an diesem Morgen musste sie sich zuerst mühsam aus einer Dunstdecke herauswühlen, bevor sie auf ihre Tagesreise gehen konnte. Eine ganze Weile stand sie bleichgesichtig über Stralsund, als müsste sie sich wohlüberlegen, ob sie diesem seltsamen Menschenvolk weiterhin Licht und Wärme spenden sollte. Dann riss der Dunst auf und die Wolken gerieten in Bewegung. Noch tänzelte der Wind zwischen West und Nordwest hin und her, unentschlossen, ob er rau oder sanft blasen sollte.

Auf dem Hügel neben der Werft stand ein weißhaariger Mann um die sechzig herum und betrachtete mit besorgtem Gesicht den Himmel.

»Sie wird eine Menge Wind auf die Nase kriegen, wenn sie heut kommt«, brummelte er vor sich hin. Er wartete auf die »Schwalbe von Ribnitz«, denn er war ihr Erbauer und Reeder. Gotthelf Monk hieß der Alte, aber niemand nannte ihn anders als Koggen-Monk. Ihm gehörte eine Schiffswerft, die nicht weit vom Wassertor der kleinen Stadt Ribnitz am

Saaler Bodden lag, und die Schiffe, die von seiner Helling kamen, wurden weithin gerühmt als die schönsten und schnellsten auf dem ganzen Baltic. Seit einiger Zeit bestellten die Handelsherren meistens dickbauchige Holks, denn sie trugen mehr Fracht. Koggen-Monk selber hielt mehr von den schlankeren Koggen. Seine »Schwalbe« war ein großes Schiff von gut hundertfünfzig Last, fünfzehn Fuß länger als üblich und mit einem langen Achterkastell. Vor- und Achtersteven zeigten eine sanfte Rundung, setzten aber scharfkantig am Kiel auf. Das lange Kielholz ragte drei Handbreit weiter aus den Planken heraus als bei anderen Koggen. Darum ging die »Schwalbe« auch höher an den Wind.

Den Morgen über rannte Koggen-Monk voller Unrast auf seiner Werft herum und schaute von Zeit zu Zeit über den Bodden nach Swante Wustrow hinüber. Von dort musste die »Schwalbe« kommen. Auf der Helling streckte ein halbfertiger Holk sein Spantengerippe himmelwärts. Es roch nach Eichenholz und Pech, ein Geruch, der zu jeder Schiffswerft gehörte wie das Breitbeil zum Schiffszimmermann. Über die Hälfte der Planken waren schon genagelt. Koggen-Monk strich mit den Augen argwöhnisch an jeder Plankennaht entlang, fand aber nirgends etwas auszusetzen. Alles Holz war sauber gebogen, angepasst, gefügt und geglättet, ganz wie es sich für einen Schiffsneubau gehörte, der von seiner Helling ins Wasser gleiten sollte.

Um die Mittagszeit ruhten Hämmer und Breitbeile, denn die hungrigen Mägen verlangten ihr Recht. Die Männer hockten beieinander auf Planken und Klötzen und verzehrten ihr nicht gerade üppiges Essen.

»Was hat der Alte bloß«, sagte ein jüngerer Geselle. »Rennt aufgeregt wie ein Strandräuber herum und redet kein Wort. Nicht mal Guten Morgen hat er gesagt.«

»Still, Anton! Das verstehst du nicht. Koggen-Monk macht sich Sorgen wegen der ›Schwalbe‹. Sie ging nach Danzig, um Salz zu bringen und Bier zu laden als Rückfracht, dazu Eichenholz, Werg und Pech für die Werft. Sie muss heute zurückkommen. Und wenn der Wind sich zum vollen Sturm auswächst, kann selbst Jerk Fretwurst die Zeit nicht einhalten.« Diese Antwort gab der Altgeselle Jakob Permien und schob dann einen Löffel Brei hinter die schwarzen Zahnstummel.

»Dann wird der alte Jerk wohl an Land bleiben«, sagte ein anderer. »Wird höchste Zeit, dass er den Rest seiner Tage am warmen Herd sitzt!«

»Jerk Fretwurst versteht seine Sache immer noch besser als alle jungen Maate und Schiffer«, keifte Jakob Permien. Was gegen das Alter gesagt wurde, nahm er krumm. Glaubte er doch von sich selber, dass er es noch mit jedem jungen Mann aufnehmen konnte.

Gut hundert Schritt von der Werft entfernt nach Norden hinaus auf dem Sandhügel trieb jemand in der Mittagspause ein seltsames Spiel. Ein junger Mann war's, eben siebzehn, mit schlaksigen Armen und Beinen und genauso mager wie ein Frühjahrshering.

Er wog einen pfundschweren, anderthalb Hände langen, spitzen Eisendorn in der linken Hand aus, um ihn dann mit einem blitzschnellen Schwung in eine Eichenplanke zu schleudern. Das Holz hatte er aufrecht in den Sand gegraben und die unzähligen Löcher dicht an dicht zeugten davon, wie oft er dies Spielchen trieb. Er hatte es inzwischen zu einer solchen Meisterschaft darin gebracht, dass er ein Lindenblatt auf zehn Schritt durchbohren und ein Kaninchen in vollem Lauf treffen konnte. Abwechselnd schleuderte er drei gleich große Eisen. Von Zeit zu Zeit schliff er mit einem feinkörnigen Sandsteinbrocken an ihnen herum und prüfte die Schärfe der Spitzen mit dem Daumenfleisch.

Was immer er tat, er hielt dabei den Kopf schief und die rechte Schulter hochgezogen. Er konnte nicht anders und so wurde die Linke seine beste Hand.

Wie er an den schiefen Hals geraten war, wusste er nicht zu sagen. Die Zeit hatte seine Erinnerung mit noch schlimmeren Erlebnissen angefüllt und darüber das alte Unglück zugeschüttet. Er war ein Schiefhals. Basta. Nicht mal einen Vaternamen konnte er nennen. Zu gern hätte er sich Monk genannt, aber ein geborener Monk war er nicht, obwohl ihn der Alte fast wie einen Sohn hielt. Der Schiefhals war Koggen-Monk vor drei Jahren zugelaufen wie ein herrenloser Hund, zerlumpt, elend und fast verhungert. Der Alte gab ihm Kleider, zu essen und eine Ecke im Haus, wo er schlafen durfte. Und er tat noch mehr. Sobald er herausgefunden hatte, wie geschickt dieser Schiefhals mit Kopf und Händen war, nahm er ihn in die Schiffsbaulehre, denn ihm waren nur Töchter geboren worden. In diesem Herbst sollte der Schiefhals losgesprochen werden.

An die Zeit vor Koggen-Monk wollte sich der Schiefhals nicht mehr erinnern. Seine Eltern hatte er kaum gekannt, da wurden sie ihm schon von der Pest genommen. Was dann kam, waren Tage, Monate und Jahre, randvoll mit niederer Arbeit und Prügel satt. Noch immer trug er die Narben aus jener Leidenszeit auf seinem Leib herum. Im Winter hatte er sich bei den Tieren im Stall verkriechen müssen, um sich bei ihnen Wärme zu holen, und essen musste er die Reste, wie sie die Hunde fraßen. Ja, ein Hundeleben hatte der Schiefhals geführt, aber hart und zäh war er dabei geworden.

Es schallte weithin, als Jakob Permien auf den Eisenkessel klopfte. Die Arbeit begann wieder. Der Schiefhals steckte seine drei Wurfeisen in eine Beintasche, die er sich selber angenäht hatte. Dabei warf er aus Gewohnheit noch einen letzten Blick über den Bodden.

Ein Segel?

Er kniff die Augen zusammen: Wie ein Gänseflaum schwebte ein heller Fleck über dem Wasser. Er ließ noch etwas Zeit verstreichen, um seiner Sache sicher zu sein. Der Fleck blieb, zerflatterte nicht wie die Wolke im Wind.

Er rannte auf die Helling zu. »Segel in Sicht! Die ›Schwalbe von Ribnitz‹ kommt ein!«

»Segel in Sicht! Die ›Schwalbe‹ kommt!«, riefen sich die Leute auf der Werft zu.

Koggen-Monk stürmte, so schnell ihn seine alten Beine tragen wollten, den Aussichtshügel hinauf. Dann starrte er längere Zeit mit vorgerecktem Hals über das Wasser hin, bevor er die Zähne auseinander brachte. Er schüttelte den Kopf, als ginge hier etwas über seinen Verstand.

»Ich will auf der Stelle umfallen, wenn das nicht unser ›Seehase‹ ist, Junge! Die ›Schwalbe‹ ist es nicht. Kann sie unterscheiden, kenne jede Planke und die Art, wie sie ihre Masten recken. Warum, zum Teufel, kommt der ›Seehase‹ *jetzt* schon zurück? Nicht er, die ›Schwalbe‹ müsste einlaufen!«

Der »Seehase« war das zweite Schiff, das Koggen-Monk für eigne Rechnung gebaut hatte und selbst bereederte. Es war eine seegehende Kogge wie ihr Schwesterschiff, etwas kleiner und nicht ganz so schnell. Zwei Wochen vor der »Schwalbe von Ribnitz« warf der »Seehase« die Leinen los, ging nach Norwegen hinauf, um eine Ladung Eichenkrummholz und etliche Last Stockfisch zu holen. Auf der

Rückreise sollte er Rostock anlaufen, wo noch Ladung vom Vorjahr abzuholen war. Vier Wochen rechnete man für diese Reise mit den Tagen, die das Stauen der Ladung fraß.

Nein! Der »Seehase« konnte noch nicht zurück sein. Eine gute Stunde später sollte Koggen-Monk erfahren, was da quer gelaufen war.

Der junge Schiffer Ludeke Wieben brachte den »Seehasen« sauber an die Pfähle. Die Festmacheleinen wurden steifgeholt und das Schiff damit zur Ruhe gebracht. Jeder sah, dass dem Jungen Ludeke sein Schiff gut in der Hand lag. Er rief dem Schiffsvolk noch ein paar Befehle zu, ließ die Gangplanke ausbringen und dann gingen drei Männer in Stulpenstiefeln über das schwankende Brett an Land. Auf der Helling ruhten Hämmer und Breitbeile. Alle sollten den Heimkehrer willkommen heißen, so hielt man es immer.

»Willkommen an Land, Ludeke Wieben.« Koggen-Monk bezwang seine Unruhe und sprach die gewohnten Begrüßungsworte.

»Schiffer und Schiffsvolk wissen Euch Dank, Herr«, antwortete Ludeke Wieben, wie es Brauch war.

»Ihr kommt vor der Zeit zurück. Warum? Gebt mir Bericht«, forderte Koggen-Monk.

»Ich bringe üble Nachricht mit, Meister. Weiß kaum, womit ich beginnen soll.«

»Mit dem Anfang«, sagte der Alte trocken.

»Da braut sich ein schlimmes Wetter um den Baltic herum zusammen, von dem wir auch unseren Teil abkriegen werden. Ich musste die Ladung in Rostock liegen lassen und tat gut daran, will ich meinen. In Rostock und Wismar ist der Teufel los. Erfuhr noch eben rechtzeitig von dem, was sich da tut. Auf der Rückreise war's und im Öresund bei der Insel Ven, da schnitt ein Rostocker Holk meinen Kurs. Ihr Schiffer schuldete mir Dank, denn ich schleppte ihn im Vorjahr von der Schonenküste frei bei Südweststurm, sonst wäre er auf Leegerwall gestrandet … Ich gab Euch darüber Bericht, Herr.«

»Weiß ich. Sprecht weiter!«

»Nun, der Rostocker machte meinen Dienst doppelt gut durch die Neuigkeiten, die er mir zukommen ließ. Kam mit dem Kleinboot zu mir an Bord, um mich zu warnen, doch *ja* die Schiffsnase nicht nach Rostock oder Wismar reinzustecken, wollte ich nicht Schiff, Ladung und Schiffsvolk in Gefahr bringen. Der Mann wusste, warum er das sagte. Er war drei Tage vor unserer Begegnung in Rostock ausgelaufen; so waren seine Neuigkeiten frisch.«

»Verdammt! Was tut sich denn in Rostock so Schlimmes, dass ihr die Order nicht erfüllen konntet?« Man hörte Koggen-Monks Stimme an, wie sehr die Ungeduld in ihm brannte.

»Das hängt alles mit diesem vertrackten Streit um Schwedens Königskrone zusammen, Meister. Manches davon hat sich ja wohl auch bis nach Ribnitz herumgesprochen, denk ich.«

»Nicht gerade viel«, brummte der Alte. »Ich weiß, dass die dänische Margret den schwedischen Albrecht bei Falköping besiegte und ihn ins Moor jagte. Aber das ist schon zwei Jahre her. Dabei gerieten König Albrecht und sein Sohn Erik in ihre Gefangenschaft. Auf der festen Burg Lindholmen verwahrt Margarete die zwei, will man wissen.«

»Und da sitzen die beiden königlichen Unglücksraben immer noch und können keine Hand für die eigne Sache rühren«, fuhr Ludeke Wieben in seinem Bericht fort. »Die Dänenkönigin hat ihre Widersacher zwar besiegt, aber Schwedens Hauptstadt Stockholm konnte sie noch nicht erobern. In Stockholm liegt viel Mecklenburger Kriegsvolk und wehrt sich wie der Teufel, um ihrem König und Landsmann die Stadt und die Krone zu erhalten. Und bevor die Schwarze Margret Stockholm nicht in der Hand hat, kann sie sich die neue Schwedenkrone nicht auf die schwarzen Locken drücken.«

Der erste Maat reckte seinen Graubart vor. »Und an diesem Stockholm wird sich das königliche Weibsbild die Zähne ausbeißen, sag ich! Ich kenne die Ecke da oben. Gut zu verteidigen. Lauter Felsen rundum und den Mälarsee im Rücken. Ein Fuchsenbau ist dies Stockholm, sag ich, mit Gängen und Notröhren nach allen Himmelsrichtungen. Wenn man mich fragt: Stockholm kriegt die Schwarze Margret nicht so schnell!«

»Richtig, Jochen Kranz! Um Stockholm dreht sich die Sache nämlich und das bringt mich auf Rostock und Wismar zurück«, nahm Ludeke Wieben den Faden wieder auf. »Dem Herzog Johann von Mecklenburg ist wohl wieder eingefallen, dass König Albrecht sein Vetter ist und etwas von dem Glanz der Schwedenkrone auch auf Mecklenburg fällt. Nun will er dessen Sache in seine Hand nehmen, nur ihm fehlt das Geld, um Schiffe auszurüsten und Kriegsvolk zu werben. Mecklenburgs Kassen sind so leer wie die Speicher nach einem langen Winter. Darum haben seine Ratgeber einen feinen Plan ausgeheckt, um das Übel zu umgehen: Sie verbreiten einen Aufruf in Stadt und Land und an alle, die es wissen wollen. *So* berichtete mir der Rostocker Schiffer wörtlich: Rostock und Wismar wollen ihre Häfen all denen öffnen, die auf eigene Gefahr ausfahren, das Reich Dänemark zu schädigen. Und sagt man's mit unseren Worten, heißt das: Sie sollen sich ihren Sold zusammenrauben, wo immer sie ihn kriegen! Das nenn ich wahrlich eine billige Art, Kriegsvolk zur See anzuwerben, wenn's andere zahlen. Nun sammeln sich dort Ritter, Bauern und Bürger; dazu Vogelfreie, Friedlose und Landflüchtige, um die Kaper zu bemannen. Und das meiste davon ist diebisches Volk, sagt der Rostocker selber. Und was das Schlimmste ist – sie tun sich mit den Seeräubern zusammen, die schon seit Jahren den Baltic unsicher machen. Sollte mich nicht wundern, wenn sich diese Plage bald vermehrt wie die Ratten im Pestjahr und uns ehrlichen Seefahrern das Leben zur Hölle macht«, redete sich Ludeke Wieben in Wut.

»Das Reich Dänemark sollen sie also schädigen …« Koggen-Monk wiegte den Kopf. »So wie ich diese Sorte von Räubern kenne, wird sie sich verdammt wenig an die Kaperbriefe halten. Die plündern alle Taschen aus! Das werden wir bald merken.«

»Kaperbriefe? Ha! Stehlbriefe werden sie nur genannt, erzählte mir der Rostocker hohnlachend«, rief Ludeke Wieben.

»Und Menschenleben gelten nichts mehr! Wenn es einen Jungen trifft, müssen Frau und Kinder hungern«, sagte Ludekes jüngerer Maat bitter.

»Von meinen Leuten hat noch keiner hungern müssen und auch seine Kinder nicht«, knurrte Koggen-Monk. »Oder weißt du's anders?«

»Nein, Meister«, erwiderte der junge Maat. »Aber es sind nicht alle wie Ihr.«

»Ihr habt jedenfalls mit Verstand gehandelt, Ludeke, und darum weiß ich Euch Dank«, sagte Koggen-Monk. »Sie brauchen schnelle Schiffe für ihr Schandgewerbe und die bekommt man am billigsten, wenn man sie stiehlt, sagen sie sich. Es spricht viel dafür, dass sie in Rostock ihre Hand auf Schiff und Ladung gelegt und dazu noch das Schiffsvolk in ihren Dienst gepresst hätten. Wen schert Ribnitzer

Gut! Wir sind ja nur ein kleiner Klipphafen, der nicht mitsingen darf im Chor der Hansestädte. Und wer hört schon auf die Klagen der Kleinen!«

»Bessere Kunde hab ich nicht, Herr. Kann's nicht helfen!«, schloss Ludeke Wieben seinen Bericht.

»Und das alles, weil sich die Großen wieder mal um eine Krone balgen«, sagte der ältere Maat zähneknirschend.

»Und die Kleinen zahlen immer, wenn sich die Großen streiten«, warf Jakob Permien mit seiner weinerlichen Stimme ein.

»Und sie kriegen auch noch die Prügel, Jakob. Vergiss das nicht! So geht's nun mal zu in der Welt. Das wundert mich schon nicht mehr. Aber wundern würde ich mich, wenn sich daran bald etwas änderte …« Koggen-Monk sagte es zwischen Lachen und Weinen.

Der alte Jakob ging als Erster, klopfte auf seinen Kessel und die Gesellen gingen wieder an ihre Arbeit zurück. Das Schiffsvolk des »Seehasen« machte sich auf den Weg nach Ribnitz. Nur der alte Koggen-Monk stand noch eine Weile da, liebkoste sein Schiff mit den Augen und mahlte mit den Kinnbacken, als kaute er auf einem besonders zähen Stück Pökelfleisch herum.

Als es auf den Abend zuging, nahm er den Schiefhals beiseite. »Mach das Kleinboot klar, Junge. Wir wollen mal die Nase nach Swante Wustrow hinüberstrecken und morgen, wenn der Wind abflaut, einen

Schlag in den Baltic tun. Ich muss nach unserer ›Schwalbe‹ Ausschau halten. Finde sonst keine Ruhe.«

Der Schiefhals tat, was zu tun war, füllte die Wassertonne am Bach, prüfte alles Tauwerk, öste das Bilgewasser aus und schlug das Segel an. Das alles tat er mit Sorgfalt und Bedacht, denn eine einzige Nachlässigkeit konnte das Leben kosten. Der Wind schien ein bisschen abzuflauen, aber die Wellen im Bodden gingen noch hoch genug.

Das Kleinboot war nur eine Nussschale von fünfzehn Fuß Länge und vier Fuß Breite. Koggen-Monk hatte es mit eigner Hand gebaut, um damit zu segeln und dabei Lehren zu erfahren, die er für seine Schiffsneubauten nutzen wollte. Er machte weite Fahrten bei Tag und bei Nacht, segelte sogar in das Blauwasser des Baltic hinaus, wenn der Wind günstig einkam. Nur den Schiefhals nahm er mit auf seine Fahrten und weil der geschickte Hände, einen raschen Verstand und die Scharfäugigkeit eines Falken besaß, wusste er bald ebenso gut mit Segel und Pinne umzugehen wie der alte Koggen-Monk. Jakob Permien, der Altgeselle, schüttelte den Kopf über diese Ungeheuerlichkeit, sich mit einer Nussschale von Boot auf das große Wasser zu wagen, und meinte missbilligend: »Ein alter Mann wie er sollte nicht mehr so leichtsinnig sein.« Für Jakob war die Welt gleich hinter Danzig zu Ende, und wer sich darüber hinauswagte, musste bald in das schwarze Nichts abstürzen.

Mit prallem Segelbauch kletterte das Kleinboot leicht über die Wellenkämme. Von Zeit zu Zeit musste der Schiefhals das Spritzwasser mit einer hölzernen Kelle außenbords ösen. Schon lange hatte die Nacht die letzte Helligkeit aufgefressen und nur das glitzernde Weiß der Schaumkämme gab ihnen ein sparsames Licht. So segelten sie Stunde um Stunde und kamen ihrem Schicksal immer näher.

Es war über die Mitte der Nacht hinaus. Sie sahen das Land noch nicht, aber weit konnte es nicht mehr sein bis Swante Wustrow.

»Schiff voraus!«, rief der Schiefhals.

Koggen-Monk kletterte über die Sitzbänke zum Bug hin. »Ich seh nichts«, sagte er.

»Zwei Schiffe sind's«, verbesserte sich der Schiefhals nach einer Weile.

»Zwei?«, Koggen-Monks Stimme klang grad so, als wäre ihm *ein* Schiff lieber gewesen.

»Ja, zwei! Jetzt seh ich's genau! Sie liegen nah beieinander vor Anker und haben die Segel aufgetucht, wie sich's gehört.«

»Halt drauf zu!«, knurrte der Alte.

Erst als sie näher herankamen, gaben sich die beiden dunklen Schatten als Schiffsrümpfe zu erkennen.

»Eine Kogge und ein Holk ... Und die Kogge könnte wohl unsere ›Schwalbe‹ sein ...« Der Schiefhals dämpfte seine Stimme zum Flüstern herab und wusste selber nicht recht warum.

»Es *ist* unsere ›Schwalbe‹! Nun seh ich's auch«, sagte Koggen-Monk heiser. »Aber irgendwas stimmt da nicht ... Wir gehen noch näher heran, Junge. Gib mir das Ruder!« Er nahm dem Schiefhals die Pinne aus der Hand.

Zuerst umrundeten sie den Holk. Keine Stimmen. Kein Ankerlicht. Dunkle Heckluken. Ein Schiff ohne Schiffsvolk ...

»Ein fremdes und ein totes Schiff«, murmelte Koggen-Monk und steuerte scharf um die Ankertross herum auf das Heck der »Schwalbe« zu. Wie ein hoher, schwarzer Felsen wuchs es vor ihnen auf. Aus den geöffneten Heckluken wehte der Klang von Männerstimmen, flackerte der trübe Schimmer der Tranfunzeln ...

»Betrunken sind sie!«, zischte Koggen-Monk. »Was zum Teufel geht da an Bord vor? Hat der alte Jerk zugelassen, dass sich sein eignes und auch noch fremdes Schiffsvolk über die Bierlast hermachte? Nein. Ich sag's noch mal, Junge: Da stimmt irgendwas nicht!«

Die Furcht griff dem Schiefhals in den Nacken. Sie rundeten das Heck. Koggen-Monk fierte die Schot auf. Das Segel flatterte wild. Langsam schaukelten sie an der hohen Bordwand entlang. Bei den Wanten hinter dem Schanzkleid duckte sich der Namenlose, die Wurfleine mit der laufenden Schlinge in der Hand ...

Sie waren in Höhe der Schiffsmitte, als das Tau durch die Luft fuhr ...

»Ruder in Lee!«, schrie der Schiefhals verzweifelt.

Koggen-Monk warf das Ruder herum. Zu spät! Die Schlinge legte sich über ihre Mastspitze, zog sich zusammen. Ein harter Ruck. Das Boot kam aus der Fahrt. Mast und Rumpf neigten sich. Sie verloren den Stand, taumelten gegen die Bordwand … über ihren Köpfen ein schriller Pfiff: »Alle Mann an Deck!« Schreie, Flüche, Fußgetrappel. Waffen klirrten.

»Ich hätte es wissen müssen, Junge. Nun hilft uns nur noch Beten«, murmelte Koggen-Monk.

Hier kam das Loch für den Schiefhals. Er konnte sich später nicht mehr besinnen, wie sie auf das Deck der »Schwalbe von Ribnitz« gelangt waren, ob auf eignen Beinen oder nicht. Nur was dann kam, brannte sich in sein Gedächtnis ein: Wie Diebe standen sie nebeneinander, er und Koggen-Monk, mit dem Rücken zum Wasser gegen das Schanzkleid gedrückt, und ein Wall von Leibern und bärtigen Gesichtern schob sich an sie heran. Es war kein böser Traum! Vor ihnen stand einer, der dem Teufel ähnlich sah, hielt das Ende der Leine, mit der er sie fing, immer noch in der Hand. Wie ein vierkanter Klotz sah er aus. Seine gewaltigen Arme verrieten unbändige Kraft. Auf einem gedrungenen Hals wuchs sein Kopf aus den massigen Schultern heraus und das Gesicht, es war kein Gesicht mehr, war vom Feuer zusammengeschmolzen zu einer narbigen Maske …

Neben ihm stand einer, der wog das blanke Messer in der Hand und pfiff durch die Zähne.

War Koggen-Monk noch neben ihm? Er hatte nach seiner Hand getastet. Beten, hatte Koggen-Monk gesagt! Er konnte nicht beten, konnte nicht denken, konnte die Lippen nicht rühren. Die Angst hatte ihn zu Stein gemacht.

»Gebt Raum! Gebt Raum für Klaus Störtebeker!«, brüllte einer.

Willig teilte sich die Mauer der Leiber, gab eine Gasse frei. Und durch diese Gasse waren zwei Männer auf sie zugekommen. Zwei Männer, die sich so wenig glichen wie der Tag und die Nacht: ein Riese und ein Zwerg! Und der Riese sah aus wie ein strahlender König.

Nun muss alles gut werden!, hatte er gedacht.

Himmelhoch war der Riese gewachsen, größer als der Teufel mit dem entstellten Gesicht. Über sechs Fuß wuchs der, den sie Störtebeker nannten, aus seinen Stiefeln heraus, überragte alle an Deck. Der Zwerg neben ihm schändete das Bild. Der stand auf dünnen Spinnenbeinen; die Nase stach ihm wie ein Krummschnabel aus dem Gesicht und er schaute sie an mit den tückischen Augen der Ratte. Ist das des Königs Hofnarr?, hatte er gedacht.

Der Zwerg sprach zuerst. »Da haben sich ja zwei sonderbare Vögel zu uns verflogen, Klaus. Ein alter Weißkopf und ein junger Schiefhals!«, krächzte er und kicherte bösartig.

»Wer, zum Teufel, ließ sie an Bord?«, dröhnte die Stimme des Riesen über das Deck und alle Köpfe wandten sich ihm zu.

»*Ich* fing sie ein und holte sie an Bord. Wer sonst hält die Augen offen, wenn sich alles besäuft!«, gab der Teufel furchtlos Antwort. Die Worte kamen stockend und gurgelnd aus dem zerstörten Mundloch.

»Wer seid ihr?«, fuhr sie der Riese an.

»Wer seid Ihr? Das muss ich *Euch* fragen!«, hatte er neben sich Koggen-Monks Stimme gehört und sie zitterte nicht. »Wir sind ehrliche Leute. Und das könnt *Ihr* nicht sein! Ihr habt kein Recht, hier zu stehn. Dies ist mein Schiff! Und wo blieb das Schiffsvolk, frag ich Euch?«

Sie werden ihn umbringen!, hatte der Schiefhals gedacht.

»Wir haben kein Recht? Das Recht hat sich auf unsere Seite geschlagen, Weißkopf!«, höhnte der Zwerg. »Und dein Schiffsvolk ist bei den Fischen.« Er schaute zum Riesen auf. »Über die Seite mit ihnen, Klaus. Oder?« Der Riese nickte.

Als hätte der Pfeifer nur auf dieses Nicken gewartet – so schnell grub er sein Messer in Koggen-Monks Brust. Er fiel ohne einen Laut, ihm blieb nicht mal der Atem, seinen Mörder zu verfluchen.

Der nächste Stich gilt mir!, hatte der Schiefhals gedacht und sich dennoch nicht rühren können.

Aber es kam anders: Der Teufel hob Koggen-Monks Mörder mit einer Hand von den Füßen und schleuderte ihn in die Masse der Leiber hinein. Das blutige Eisen klirrte auf die Decksplanken.

»Der Junge bleibt am Leben!«, gurgelte er. »Er kann mit einem Boot umgehn. Wär schad um den.«

»Ich brauch einen, der uns die Becher füllt. Er soll leben«, entschied der Riese.

Eine gefährliche Macht muss dieser Teufel haben, dass ihm sogar der König gehorcht, hatte der Schiefhals gedacht.

Zuerst nahmen sie Koggen-Monks Boot an Bord. Dann warfen sie seinen Leichnam ins Wasser. Ein Aufklatschen war die letzte Erinnerung an den Mann, der dem Schiefhals Gutes erwies.

Fast hätte der Schiefhals weder Rostock noch das Tageslicht gesehen und unten im Kielraum gehockt, nahe dem fauligen Bilgewasser, denn da wollten sie ihn einsperren. »Dieser Schiefhals ist noch nicht handzahm. Der läuft uns von Bord, wenn er kann, und dann sind wir wieder ohne Mundschenk«, hatte der Zwerg Wigbold gesagt. Aber zum Glück mischte sich der Namenlose ein und knurrte: »Lasst ihn an Deck. Ich pass auf ihn auf.« Nun ließ der Namenlose ihn nicht aus den Augen und der Schiefhals fing an, sich an den furchtbaren Anblick zu gewöhnen.

Der »Seewolf« lag in der Mitte des langen Bollwerks mit dem Bug nach See zu. Rundum drängten sich die Masten zu einem Stangenwald. Der Quai quoll über von Gütern aller Art. Menschen quirlten durcheinander wie Ameisen, die man aus ihrem Bau gestochert hatte. Flüche, Geschrei, Befehle und Hundegebell; knarrende Hölzer und kreischende Blöcke; Möwengeschrill und Rindergebrüll machten die Musik dazu.

Durch die offenen Ladeluken wanderten Säcke voller Mehl und Grütze, Buttertonnen und solche mit gepökeltem Fleisch in die Schiffsbäuche. Dazu noch viele Fässer Bitterbier. Rinder, Schweine und

Hammel wurden auf die Decks getrieben, wo das arme Frischfleisch jammervoll brüllte, quiekte und blökte. Steinkugeln, Pulverfässer, Armbrüste und Handbeile, Eisenkappen und Kettenhemden wurden verladen und daran sah man, dass diese Flotte im Rostocker Hafen auf den Krieg aus war. Ähnliches tat sich in Wismar.

Eine schier endlose Kette von krummen Rücken buckelte diese Lasten über schwankende Bretter in die Schiffe. Am Quai hockten die Marktweiber wie aufgeplusterte Hennen hinter ihren Körben und schauten zu, wenn sie nicht gerade mit dem Schiffsvolk feilschten. Kaufleute und Handwerker wachten über ihre Waren, dass kein Stück verschwand auf dem Weg in die Schiffsbäuche. Aber die Kinder der armen Leute wussten sich ihren Anteil zu nehmen. Sie wieselten zwischen allen Stapeln herum, ergatterten hier ein Stück Rauchspeck, da einen Stockfisch und taten manchen flinken Griff in die beschädigten Tonnen.

Zwei wohlgekleidete Männer, denen man von Weitem die großen Kaufherrn ansah, beobachteten das Treiben.

»Seht Euch das an, Kasper! Habt Ihr den Hafen je zuvor so voller Schiffe und Güter gesehn? Und das alles, um in Stockholm die Mägen der Mecklenburger Kriegsknechte zu stopfen …«

»Damit denen nicht vorzeitig die Lust am Streit vergeht«, beendete Kasper Mohlsen spöttisch den

Satz seines Ratsbruders Karsten Stockhausen. »Vitalienbrüder nennt sich diese hergelaufene Bande, seit unser Herzog sie in seinen Dienst nahm. Vitalienbrüder!«, wiederholte er verächtlich, »dieser wohlklingende Name ändert auch nichts, darum bleiben sie für mich doch nur gewöhnliche Seeräuber. Hoffentlich setzen wir uns mit ihnen keine Läuse in den Pelz, die wir dann nicht mehr loswerden können.«

»Sprecht nicht so laut, Kasper!«, ermahnte ihn Karsten Stockhausen. »Muss ja nicht jeder hören, was wir wirklich denken. Ob Vitalienbrüder oder Gesindel – das soll uns wenig scheren. *Wir* werden jedenfalls prächtige Geschäfte mit denen da machen, denk ich.«

»Hab schon eins gemacht. Kommt mit, ich zeig's Euch.« Der kleinere Kasper Mohlsen zog den größeren Karsten Stockhausen mit sich fort. »Ich kaufte einen großen Holk zu einem Spottpreis von einem sonderbaren Zwerg, den ich noch nie zuvor sah. Musste ihn aber in Silber auszahlen, das verlangte er ...«

Am späten Nachmittag versammelten sich die Herren Kaperkapitäne in der Kajüte des »Seewolfs«. Man wollte den Orlog nach Stockholm besprechen und Klaus Störtebeker hatte ihnen gutes Danziger Bier in Aussicht gestellt, von dem manch einer behauptete, es sei noch besser als das Hamburger oder Wismarer Gebräu. Der Schiefhals musste den Mundschenk machen.

Um den klobigen Tisch herum saßen die Hauptleute der Vitalier, deren Namen bald für ein Jahrzehnt lang Angst und Schrecken in Baltic und Westsee verbreiten sollten. Die Langschwerter hatten sie neben sich gegen die Bank gelehnt, die Stulpenstiefel weit unter den Tisch gestreckt und vor sich Becher oder Kanne. Der Schiefhals musste springen, dass kein Trinkgefäß lange leer blieb, sonst hagelte es Flüche oder Rippenstöße von den ehrenwerten Herrn. Er rächte sich, indem er ihnen beim Neuschenken ab und zu ins Bier spuckte.

Einen stiernackigen Kerl mit einem Dorschmaul riefen sie Weddemunkel. Dem sah man sein blutiges Handwerk an. Aber den Henning Mandüvel hätte man mit seinem bleichen, hochmütigen Gesicht ebenso gut für einen Bischof halten können. Neben ihm saß Hinrich Lüchow, ein schweigsamer Stockfisch, der tiefsinnig in sein Bier starrte. Fark Wichmann war dick wie ein Fass und strahlte etwas von der Gemütlichkeit eines Bierbrauers aus. Er wusste vorzüglich mit einem Schiff umzugehen und seinen Weg über See zu finden; er hätte eigentlich besser auf einen ehrbaren Handelsholk gepasst. Gödeke Michels, einen ganzen Kopf kleiner als Störtebeker, war auch keiner von der redseligen Sorte. Er und Störtebeker hatten schon mehrere Raubzüge zusammen unternommen, nur war nicht immer Einigkeit zwischen den beiden gewesen. Wenn Störtebeker für das rasche Draufgehen stimmte, wollte Gödeke Michels die Sache gründlich überdenken.

Namen wie Arend Styke, Marquard Preen, Klaus Scheld, Lyppold Rumpeshagen, Rembold Sanewitz und Bertram Stockeled vernahm der Schiefhals.

»Euer Wohl, Störtebeker!« Henning Mandüvel hob die Kanne. »Habt Dank für Eure Gastfreundschaft und für das Bier. Ein vorzügliches Gebräu. Ich muss es loben.«

Klaus Störtebeker gab lachend Bescheid. »Ist Danziger Bier. Machte mir einer zum Geschenk zusammen mit diesem Schiff. Und das ist ein Renner, sag ich Euch, Mandüvel, der lässt alles hinter sich, was auf der Baltischen See kreuzt.«

»Und wie kamt Ihr zu diesem Prachtstück, wenn die Frage erlaubt ist?«, erkundigte sich Mandüvel.

»Ich fing ihn vor Rügens Nordküste ...« Aber bevor Störtebeker weiterreden konnte, fiel ihm der Magister Wigbold ins Wort. »Ein Däne war's, der uns sein Schiff aufdrängte, nachdem wir ihm gut zuredeten.«

»Ein Däne sagtet Ihr?« Hinrich Lüchow nahm die Nase aus der Bierkanne. »Hab das Schiff schon mal gesehn. Es führte aber nicht die Dänenflagge, soviel ich weiß.«

»Wenn Wigbold sagt, es war ein Däne, dann ist es auch so!« Störtebeker stellte seinen Becher mit hartem Knall auf den Tisch. »Ihr zweifelt doch hoffentlich nicht an unserem Wort, Lüchow!«

»Wird schon sein, wie Ihr sagt«, beruhigte Henning Mandüvel ihn, weil er keinen Streit brauchen konnte. Er wusste, es würde nicht leicht werden, diese freien Seeräuber unter sein Kommando zu zwingen. Aber man brauchte sie. Leider.

Klaus Störtebeker legte dem Zwerg seinen Arm um die Schulter, was aussah, als berge die Henne ihr Küken unter dem Flügel. »Schaut ihn Euch gut an, Ihr Herren. Denn sein Kopf brütete den Plan aus, wie wir einer Kogge beikommen konnten, die uns in Grund und Boden segelte.«

»Lasst hören, Mann! Wie geht so was zu?«, brüllte Weddemunkel über den Tisch und alle anderen waren gleich begierig, von diesem Kunststück zu hören.

Zuerst zierte sich Wigbold, so wie sich einer ziert, den's heimlich juckt, von seinem Heldenstück zu berichten. »Gern rede ich nicht darüber, Ihr Herren«, begann er, »man soll anderen nicht auf die Nase binden, wie man es selber vorhat. – Eine gute List richtet nämlich mehr aus als ein ganzes Bündel starker Arme.« Diesen Seitenhieb konnte sich der Zwerg nicht verkneifen … »Wir kreuzten die Rügenküste nach Westen auf und ein steifer Wind drückte unseren guten alten Holk auf die Seite, als hinter uns ein Segel aufkam. Das fremde Schiff näherte sich so schnell, dass uns vorkam, wir selber müssten wohl auf der Stelle stehen. *Den* wollten wir haben! Also ließ ich mir die Sache durch den Kopf gehen und lange währte es nicht, da fiel mir eine gute List ein. Viel Zeit blieb uns nicht, um ein Stückchen vorzubereiten, das vor uns wohl noch keiner versuchte.« Der Zwerg machte eine Pause und schaute in die Runde. Alle folgten seiner Erzählung so aufmerksam, dass sie darüber sogar das Trinken vergaßen.

»Erzähl weiter, Magister! Damit wir zum Besten kommen«, knarrte Gödeke Michels Stimme in die atemlose Stille hinein.

»Nun, der Plan sah so aus«, fuhr der Zwerg genüsslich fort, »dass sich alle Gesellen hinter das Leeschanzkleid bergen mussten, bereit zum Entern. Nur so viel Schiffsvolk zeigte sich, wie zu einem braven dänischen Kauffahrer gehört. Und dann sägten wir unseren Mast an, von Luv nach Lee versteht sich. Er musste fallen, sobald wir die Luvwanten kappen ließen ...«

»Seid Ihr des Teufels, Wigbold! Erzählt uns ja nicht, Ihr wolltet Euren eignen Mast über Bord gehen lassen! Dabei hättet Ihr ja stranden können!« Ungläubiges Erstaunen klang aus Weddemunkels Stimme und er sprach aus, was alle am Tisch dachten.

»Wir wagen eben etwas, wenn wir gewinnen wollen«, sagte der Zwerg, sehr zufrieden mit der Wirkung, die er zustande gebracht hatte. »Der Rest ist schnell berichtet. Wenn wir nicht zu *dem* kommen konnten, musste er eben zu uns kommen. Ganz einfach. Und so spielten wir ›Schiff in Not‹. Der fremde Schiffer fiel darauf herein, schor zur Hilfe längsseits, und dann … Na, den Rest könnt Ihr Euch wohl denken, Ihr Herren.«

Die Tischrunde schrie laut Beifall. Alle gaben dem kleinen Magister Bescheid und der schüttete den Inhalt seines Bechers ohne abzusetzen in sich hinein.

»Zum Teufel, Mann, wo bleibt Ihr mit dem Zeug? Einen Fingerhut voll von dem guten Bier hätt ich Euch wohl zugetraut, aber nicht mehr«, spottete Weddemunkel.

»So geht es mir, wenn ich die Menge Eures Verstandes abschätzen soll, Herr Weddemunkel. Einen Fingerhut voll Verstand traue ich Euch wohl zu, aber nicht mehr!« In Wigbolds Antwort sang deutlich der Ärger mit, denn er nahm krumm, wenn ein anderer als Klaus Störtebeker auf seinen Zwergenwuchs anspielte.

»Vor dem nehmt Euch in Acht, Weddemunkel. Der spießt Euch mit der Zunge auf. Und wenn das noch nicht langt, helf ich gern mit der Schwertspitze nach!«, sagte Störtebeker scharf.

Weddemunkel knurrte Unverständliches in sich hinein, griff hastig zum Becher, um gleich drauf nach dem Mundschenk zu schreien. Der Schiefhals hatte lange Zeit wie angenagelt hinter Wigbolds Rücken gestanden, damit er ja kein Wort von dessen Bericht verlor. Jetzt wusste er, wie sie die schnelle »Schwalbe« in ihre Gewalt gebracht hatten. Er nahm sich vor, dem Zwerg doppelt ins Bier zu spucken, denn das war die einzige Rache, die er sich leisten konnte. Den

Pfeifer aber, der Koggen-Monk mordete, wollte er umbringen. Irgendwann …

Henning Mandüvel musste mit der Faust auf den Tisch schlagen, um sich Gehör zu verschaffen. »Ihr wisst, Ihr Herren, dass mir der Herzog den Befehl über unseren Orlog gab. Darum noch ein paar Worte zu dem, was vor uns liegt. Noch heute werden alle Schiffe beladen sein. Und morgen bei Sonnenaufgang müssen wir die Leinen loswerfen und ohne Verzug nach Stockholm gehen. Es ist wichtig, dass sich alle Schiffe beisammenhalten. In Stockholm wartet man mit Sehnsucht auf unsere Ladung. Es gilt eine Krone zu retten. Denkt daran, Ihr Herren!«

»Eine Krone für einen, der sich von einem Weib besiegen ließ! Das solltet Ihr lieber dazusagen, Mandüvel!«, sagte Störtebeker höhnisch.

»Albrecht von Schweden ist ein Mecklenburger Spross. Und Ihr nahmt einen Mecklenburger Kaperbrief und damit zum Recht eine Pflicht auf Euch. Muss ich Euch daran erinnern?«, sagte Henning Mandüvel mit unbewegtem Gesicht. »Unsere erste Pflicht ist die Versorgung Stockholms und erst danach kommt der Kaperkrieg gegen das Reich Dänemark. So will es der Herzog!««

»Hab ich dir nicht schon unterwegs vorausgesagt, dass diese hochwohlgeborenen Herzchen Ärger machen?«, flüsterte der Zwerg Klaus Störtebeker zu.

»Dann macht zu und sagt uns den Weg an«, knurrte Gödeke Michels aus der Ecke. »Unsere

Pflichten kennen wir jetzt, Mandüvel. Wollen sehen, dass wir zu unseren Rechten kommen.«

»Wir steuern Nordostkurs zwischen Schonen und Bornholm hindurch auf die Insel Öland zu. Unsere Flotte ist stark genug, um jeden Angriff der Dänen abzuwehren – wenn wir beisammenbleiben. Darum meine ich, dass wir unseren Weg durch den Kalmarsund nehmen sollten. Dort sind wir unter Landschutz, wenn Sturm aufkommt.«

Der dicke Fark Wichmann schüttelte bedächtig den Kopf. »Der kürzeste Kurs ist nicht immer der beste, wenn Ihr meine Meinung wissen wollt, Mandüvel. Und Landschutz ist nicht immer ein Vorteil. Der Kalmarsund ist reich mit Klippen gepflastert und hat bei Kalmar ein übles Nadelöhr. Nicht dass uns die Steinkugeln der Burg dort viel antun können – davor brauchen wir keine Bange zu haben. Aber wir klemmen uns fest, wenn der Wind aus der falschen Ecke kommt, und dann kann es Tage dauern, bis wir uns freisegeln. Ich weiß, wovon ich rede, bin nicht zum ersten Mal in der Ecke da oben. Darum ist mein Rat: zu Ost um Öland herum!«

»Recht hat er!«, stimmte Marquard Preen zu. Preen, wortkarg wie Hinrich Lüchow, hatte seinen Mund bisher nur aufgemacht, um das gute Danziger Bier zu schlucken.

»Und was denken die anderen?«, fragte Henning Mandüvel die Tischrunde.

Um die Insel Öland herum, wie Wichmann vorschlug, war die Meinung der meisten Hauptleute.

»Die Flotte soll beieinander bleiben, sagtet Ihr, Mandüvel«, nahm Klaus Störtebeker das Wort, »und just diese Segelei im großen Haufen sitzt mir verquer. Dabei behindert ein Schiff das andere. Und mein schnelles Schiff trifft es am ärgsten. Ich müsste zwei Dutzend leere Heringsfässer nachschleppen, damit Eure lahmen Seekühe Schritt halten können.«

»Dann steckt ein doppeltes Reff ins Segel, wenn Ihr wirklich so schnell seid, wie Ihr behauptet, Störtebeker«, erwiderte Henning Mandüvel ärgerlich. »Ich sag's noch mal: Um der Sache willen müssen wir die Flotte zusammenhalten!«

»Um der Sache willen? Zur Hölle mit der Sache, wenn wir nur von Königskronen und Stockholms Entsetzung hören!«, brüllte Störtebeker los. »Ihr könnt freie Raubgesellen nicht auf ihre eigne Gefahr vor den Mecklenburger Karren spannen ohne ihnen den Seeraub freizugeben, Mann! Das Reich Dänemark schädigen sollen wir? Die Dänen sind arme Schlucker; wenn wir von ihnen unseren Sold rauben müssen, wird er mager ausfallen, sag ich allen hier am Tisch. Von den Hansen wird gar nicht geredet. Und was ist, wenn uns unterwegs ein paar fette Hansefahrer über den Weg laufen – he? Sollen wir die vielleicht ungeschoren lassen? Wir haben den Kaperbrief genommen – gut. Wir versorgen Stockholm als

Teil unserer Abmachung – auch gut. Aber dann auf allen Fahrten freie Jagd auf die Hansen! Das ist, was wir fordern.«

Henning Mandüvel verzog keine Miene und daran zeigte sich, dass er kein übler Mann im Kommando war. »Die Kaperbriefe sind nur gegen das Reich Dänemark ausgestellt. Mit den Hansen liegen wir nicht im Streit. Rostock und Wismar gehören ja selber dem Hansebund an. Aber auch sie stellen die Mecklenburger Sache noch über ihre Hansepflichten, halten ihrem Landesherrn die Treue. Daran solltet Ihr denken, Störtebeker!«

»Ich aber denke daran, was wir von diesen Hansekrämern zu erwarten haben!« Störtebekers Faust fuhr so hart auf das Tischholz nieder, dass sich Kannen und Becher schüttelten. »Diese Krämerbrut ist es doch gerade, die der dänischen Margret alle Waffen und Güter ins Haus trägt, die sie braucht, um Stockholm niederzuzwingen.«

»Die dänische Kasse leidet nämlich an der gleichen Krankheit wie die Mecklenburger – beide sind leer. Fehlt nur noch, dass alle beide unsere Seeräuberkasse anpumpen«, kicherte der Magister Wigbold. Die Tischrunde johlte Beifall und sogar Henning Mandüvel verzog das Gesicht.

»Auch wenn die Dänenkassen leer sind – die Hansen kommen schon wieder zu ihrem Geld«, fuhr der Zwerg fort. »Wenn nicht genug Silber da ist, lassen sie sich ihre guten Dienste mit Privilegien bezahlen.

Und auf die Art kehrt ihr Geld später mit reichen Zinsen zu ihnen zurück.«

»Recht hast du, Kleiner!«, schrie Störtebeker. »Ein Narrenstück wär's, wenn wir denen das Geschäft nicht gleich mit versalzten! Und verdammt will ich sein, Mandüvel, wenn ich das hingehen lasse! Mein Krieg gilt nicht nur dem Reich Dänemark – mein Krieg gilt allen Geldsäcken! Die Reichen will ich schädigen, dass die Armen zu ihrem Recht kommen.«

Wenn man nicht auf ihn aufpasst, kommt er wieder mit seinen Hirngespinsten, und das auch noch im falschen Augenblick!, dachte der Magister Wigbold ärgerlich.

»Bei den Armen wird sich der Raub ja wohl kaum lohnen«, gab Henning Mandüvel kalt zur Antwort. »Und sind es nicht gerade die kleinen Leute, die Ihr über die Klinge springen lasst, wenn Ihr an das Gut der Reichen wollt?«

Nun brandete der Streit über den Tisch. König Albrechts Sache und die Versorgung Stockholms hätten den Vorrang, meinten Mandüvel, Preen, Lüchow, Styke, von Derlow und noch zwei. Den Seeraub zuerst, Stockholm und Albrechts Sache nebenbei, dafür stimmten Störtebeker, Michels, Wichmann, Wigbold, Weddemunkel und Klaus Scheld.

Zwei Sorten von Seeräubern saßen in Störtebekers Achterkajüte und Henning Mandüvel musste alle auf einen gemeinsamen Kurs bringen. »Ihr werdet schon noch zu Eurem Teil kommen, Störtebeker«, lenkte er ein. »Ihr müsst zugeben, dass Ihr mit den Kaperbriefen nicht übel fahrt, damit habt Ihr den Schutz und Schirm des Mecklenburger Herzogs und zwei feste Häfen im Rücken.«

»Wir sind gewohnt für uns selber zu sorgen«, knurrte Gödeke Michels vor sich hin und schüttete die eben frisch gefüllte Kanne Bier in sich hinein.

»Und *Ihr* müsst zugeben, Henning Mandüvel, dass Mecklenburgs Herzog und sein königlicher Vetter auch nicht schlecht mit uns freien Raubgesellen fahren. Wir kommen zu Euch, voll ausgerüstet mit Schiffen und Mannschaft, bringen einen Sack voller Erfahrungen mit fürs Kapergewerbe, dazu Männer, die Tod und Teufel nicht fürchten, die ihr Handwerk verstehn. Allerdings …« Der Zwerg kicherte, bevor er zu Ende kam: »Allerdings muss man ab und zu ihre Wunden und Narben mit Silber pflastern, sonst könnten sie den Herrn wechseln. Das solltet Ihr Euch durch den Kopf gehn lassen, Mandüvel!«

Als die Hauptleute von Bord gingen, gaben Störtebeker und Wigbold ihnen das Geleit bis an die Gangplanke.

»Lass sie nur reden, Klaus«, sagte der Zwerg, als der Letzte von Bord war. »Wenn wir erst unterwegs sind, wollen wir schon die Löcher im Netz finden.«

»Ich verlass mich auf dich, Kleiner!«, lachte der Riese.

Aber auch die anderen tauschten ihre Meinungen aus.

»Glaubt Ihr, dass dieser Zwerg ein gelehrter Mann, ein Magister ist?«, fragte Henning Mandüvel, als er zusammen mit Marquard Preen und Hinrich Lüchow und dem von Derlow das Bollwerk entlang zu den eigenen Schiffen ging.

»Kann sein, kann auch nicht sein«, sagte Hinrich Lüchow maulfaul.

»In dieser Flotte haben sich die buntesten Vögel zusammengefunden – warum sollte nicht auch ein gelehrter Magister darunter sein. Die scharfe Zunge dazu hat er jedenfalls«, bemerkte Marquard Preen.

»Mit dem und diesem Störtebeker werden wir noch einen Haufen Ärger in Kauf nehmen müssen, wenn's nach unserem Sinn laufen soll«, knurrte Henning Mandüvel verdrossen.

»Das ist nicht anders zu erwarten, wenn man sich mit Räubervolk abgeben muss«, sagte Ludger von Derlow hochmütig.

Hinrich Lüchow sagte nichts. Er ließ lieber das Schwert sprechen.

Der »Seewolf« hielt die Spitze und zog die fetten Enten der Vitalierflotte wie eine Schleppe hinter sich her. Es hätte Klaus Störtebeker wohl geärgert, wenn es anders gewesen wäre.

»Eine träge Hammelherde haben wir uns an unser Heck binden lassen«, wütete er. »Sieht schlecht aus mit dem Seeraub, solange wir in diesem Orlog segeln, Kleiner.«

»Wer sagt denn, dass wir immer bei der Herde bleiben müssen! Der Weg bis Stockholm ist noch lang. Wer weiß, vielleicht kommt Hartwind auf und bläst die Flotte auseinander. Unsere Zeit kommt noch, Klaus. Wir werden schon unseren Vorteil wahren.«

Ein langer Schwarm von Schiffen segelte nach Nordosten, an die dreißig Koggen und Holks. Ihr Kurs sollte sie auf geradem Weg zwischen der Insel Bornholm und Schonens Südostspitze hindurchbringen. Eine Küste hatten sie aus den Augen verloren und einige Zeit musste noch verstreichen, bis eine andere in Sicht kam. Der Wind kam achterlich ein, machte die Segel voll und rund. Der Himmel war hoch, nirgends stand eine Wolkenwand, in der sich eine von diesen gefährlichen Böen verbergen konnte, die Mast und Segel kosten und den Schiffen so oft den Kiel nach oben kehren.

»Geit auf das Segel!«, befahl Störtebeker. »Willig, willig, meine Kinder, rührt die Hände! Zeigt, dass euch die Hafenliegezeit in Rostock nicht alles Mark aus den Knochen sog.« Dem Zwerg erklärte er: »Wir wollen die Flotte aufschließen lassen. Das wird den stolzen Henning Mandüvel ärgern.«

Bald hing das Segel des »Seewolfs« von Tauschlingen zusammengerafft wie eine lange Tuchwurst unter der Rah. Das Schiff kam aus der Fahrt, wurde leicht von den Wellen gewiegt, während die Flotte der Behäbigen herankeuchte. Mandüvels großer Holk war unter den Ersten.

»Hab ich Euch nicht schon in Rostock gesagt, Mandüvel, dass sich mein Seerenner nur schwer zügeln lässt?«, schrie Störtebeker zum anderen Achterkastell hinüber und gab Befehl, das Segel wieder fallen zu lassen.

»Steckt ein Reff ein! Passt Euch der Flotte an!«, kam es von drüben zurück.

»Fällt mir nicht ein, Mandüvel! Ihr solltet lieber all Eure Hemden auch noch an die Rah hängen. Vielleicht kommt Ihr dann schneller voran«, war Störtebekers hohnlachende Antwort.

Der »Seewolf« nahm Fahrt auf und lange währte es nicht, dann war er den anderen wieder voraus. In Störtebeker hatte die ehemalige »Schwalbe von Ribnitz« einen Meister gefunden, der mit ihr umzugehen verstand. Das gab selbst der Schiefhals zu. Ein Schiff ist eben kein lebloses Gebilde aus Holz, Tuch, Tauwerk und Teer. Es kann lammfromm sein, wenn man es richtig behandelt, aber genauso gut bocken, wenn man es falsch anfasst.

Wer nicht heraushört, was ein Schiff sagen will, wenn es vergnügt mit der Bugwelle klappert, ärgerlich mit dem Segel knallt oder wütend mit dem Bug in die Wellen einhaut, dem wird es nie gehorchen. Klaus Störtebeker verstand diese Sprache, gab die richtigen Befehle zur rechten Zeit mit einer Stimme, die den Sturm totbrüllen konnte. Der »Seewolf« dankte es ihm, gab gutwillig das letzte Quäntchen Fahrt für ihn her. Einem Schiff ist es nun mal gleich, welchem Herrn es gehorcht – wenn's nur ein guter Seefahrer ist.

Die Vitalierflotte segelte Tag und Nacht durch. So brauchte sie vier Tage, bis Ölands Südspitze vor ihr aus dem Wasser wuchs. Bis dahin hatte Henning Mandüvel seine Schiffe mühsam zusammenhalten können, aber nun machte ein Sturm seine Mühe zunichte. Er kam aus Südwesten und blies die Flotte so weit auseinander, dass sie sich erst in Stockholm wieder zusammenfand. Jedes Schiff musste für sich selber sorgen und bekam damit genug zu tun. Störtebeker und Wichmann gelang es, ihre Schiffe mit dicht gerefften Segeln nah beieinander zu halten. So quälten sie sich noch zu drei Vierteln an Ölands Ostküste hoch, bevor sie den Leeschutz einer Landnase fanden, und dort warteten sie vor Anker ab, bis der

Sturm sich ausgeblasen hatte. Als sie wieder unter Segel gingen, war weit und breit kein anderes Schiff der Vitalierflotte in Sicht.

Es war, als hätte der Wind all seine Kraft im Sturm verausgabt; nur ein fauler Hauch aus Westen blieb übrig, um die beiden Schiffe voranzubringen.

Drei Tage brauchten sie, bis die ersten Schären in Sicht kamen. Kurz vorher drehten sie bei und Fark Wichmann ließ sich mit dem Boot auf den »Seewolf« übersetzen, damit man sich über den weiteren Kurs nach Stockholm einigen konnte. Wichmann war für den äußeren Weg, meinte, man sollte sich möglichst von den Schären weghalten und weiter nördlich die Einfahrt nach Stockholm suchen. Klaus Störtebeker redete für eine Fahrt mitten durch die Schären. Der Weg wäre mühsamer, sagte er, dafür aber reich an neuen Erfahrungen, die später von Nutzen sein könnten. Vielleicht liefe ihnen in der Schärenwildnis noch ein Däne oder Hanse über den Kurs, der sich übertölpeln ließ. Wenn's zu schwierig würde, könnten sie sich immer noch einen Fischer als Lotsen greifen. Die Aussicht auf einen guten Fang war es wohl, die Magister Wigbold für Störtebekers Vorschlag stimmen ließ. So einigten sie sich auf den inneren Schärenweg.

»Wird Zeit, den Mann im Krähennest abzulösen«, knurrte der Namenlose vom Ruderholz her.

»Gut, dass du mich dran erinnerst«, bedankte sich Störtebeker. »Wir müssen die besten Augen auf den Mast schicken.«

Der Schiefhals nahm die Gelegenheit wahr. »Nehmt mich! Ich hab scharfe Augen«, bot er sich ungefragt an.

»Du? Kann ein Schiefhals denn überhaupt gradaus schauen?«, höhnte der Zwerg.

»Ich seh mit den Augen und nicht mit dem Hals!«, schnappte der Schiefhals wütend zurück. Ausgerechnet einer, der selber nicht so war, wie er sein sollte, musste ihm sein Gebrechen unter die Nase reiben!

»Hört, wie der Junghahn krähen kann«, sagte Störtebeker lachend. »Lass gut sein, Kleiner. Warum sollten wir's nicht mal mit dem versuchen?« Und er fragte den Schiefhals: »Kennst du die Wasserfarben, die Gefahr anzeigen?«

»Die kenne ich. Bin nicht zum ersten Mal auf dem Wasser«, antwortete der.

»Dann rauf mit dir ins Krähennest! Sing aus, was uns helfen kann, und warne uns vor Riffen und Untiefen. Wir werden ja herausfinden, ob du dein Maul zu voll nahmst.«

»Lass den Jungen in Ruh!«, bellte der Namenlose den Magister Wigbold so unvermutet an, dass der erschrocken einen Sprung zur Seite tat. »Ist viel zu schad dafür, um mit Gesetzlosen zu fahren.« Das Letzte murmelte er nur.

»Verdammt! Du selber holtest ihn doch an Bord?«, gab der Zwerg gallig zurück.

»Wollte, ich könnt's ungeschehn machen.«

»Was soll der Streit? Keiner will dem Schiefhals übel«, mischte sich Störtebeker versöhnlich ein.

»Möcht's auch keinem raten!«, gurgelte das Narbengesicht.

Bis zur Brust steckte der Schiefhals in der Masttonne. Ihm allein gehörte nun der schönste Platz, den ein Schiff zu vergeben hat. Er ließ die Augen rundum gehen und überall sah er Inseln, wohin er auch blickte. Die meisten waren dicht mit Bäumen und Strauchwerk bewachsen, aber es gab auch welche, die nichts als das blanke Gestein wiesen. Manche ragten hoch aus dem Wasser, waren groß, zeigten Steilklippen, Felsnasen und verschwiegene Buchten; andre lagen klein und tellerflach auf dem Wasser, als könnten sie gleich versinken. Hin und wieder streckte ein einzelner Baum seine toten Äste anklagend gegen den Himmel aus, als wollte er sein verlorenes Grün zurückfordern. Das Tiefwasser gab sich leuchtend blau zu erkennen, violett oder schwarz im Schatten der hohen Steilwände. Aber nicht die dunklen Farben bedeuteten Gefahr – die hellen waren es. Ein durchsichtiges Grün zeigte flaches Wasser an, und wo es sanftbraun schimmerte, lauerte eine Klippe unter dem Wasser.

»Flachwasser in Luv voraus!« oder »Klippe voraus in Lee!«, sang der Schiefhals den Tag über vom Krähennest nach unten, meldete Inseln und Engen, aber nicht ein einziges Segel. Für die Nacht suchten sie den Leeschutz einer Insel und warfen Anker. Am zweiten Tag ihrer Schärenfahrt wurde der Wind noch flauer und schlief strichweise ganz ein. Die Segel hingen leblos von den Rahen; das Wasser zeigte keinen Kräusel und die Schiffe stellten sich schlafend. Sobald ein Windhauch das glatte, blaue Tuch rillte, quälten sie sich ein paar Steinwürfe voran.

Es war die Zeit zwischen hell und dunkel, als der Schiefhals die Masten hinter der Insel entdeckte. Vor dem letzten Tageslicht im Westen schoben sie sich schwarz und dürr über die Baumwipfel. Man hätte sie für astlose Baumspitzen halten können, wären nicht die dicken Knoten der Mastkörbe an den Enden gewesen. Der Schiefhals war sicher, dass ihn kein Trugschluss narrte.

»Zwei Masten! In Luv voraus! Hinter der dritten Insel!«

Mit einem Schlag verflog alle Trägheit an Deck. Störtebeker enterte selber in den Mast auf, um sich von der Richtigkeit der Meldung zu überzeugen. Aber erst als der Schiefhals ihm haargenau die Richtung wies, konnte er die Masten ausmachen.

»Du hast Falkenaugen, wahrhaftig«, sagte Störtebeker anerkennend. »Solche Leute kann ich an Bord brauchen. Von nun an tust du Dienst auf dem Achterkastell mit dem Maat zusammen. Der hat ohnehin ein Auge auf dich geworfen, scheint mir.«

Sie geiten die Segel auf und ließen sich eine Weile treiben. Fark Wichmann und sein Maat setzten auf den »Seewolf« über. Man beredete, ob und wie ein nächtlicher Überfall glücken könnte, denn noch in dieser Nacht musste es sein, solange die Opfer vor Anker lagen. Die Dunkelheit brachte Schwierigkeiten mit sich, aber so schwarz, dass man nicht die Hand vor Augen sehen konnte, war die nordische Nacht nicht. Nachts kämpfte die Überraschung auf ihrer Seite mit. Der Tag brachte dem Feind mehr Vorteile. Er konnte zwischen den Inseln schnell aus Sicht kommen und nicht wieder auftauchen. Wenn er sich besser in diesen Gewässern auskannte, mochte es ihm sogar gelingen, seine Verfolger auf die Unterwasserriffe zu locken.

»Könnten das nicht auch unsere eigenen Leute, Vitalier, sein, die dort für die Nacht ankern?«, gab der Zwerg zu bedenken.

»Nein!«, widersprach Störtebeker. »Wir hielten immer die Spitze der Flotte, keiner kam an uns vorbei. Glaub mir, es müssen Dänen oder Hansen sein und beides soll uns recht sein. – Für jeden von uns eine Prise, Fark, besser kann's gar nicht treffen!«

»Wir sollten zuerst ein Kleinboot auf Kundschaft ausschicken, Klaus, wär Leichtsinn, bei Nacht ins Unbekannte zu steuern«, sagte Fark Wichmann bedächtig. Bei aller Verwegenheit ließ er nie die nötige Vorsicht aus den Augen, die Klaus Störtebeker so gern in den Wind schlug.

»Da hat Fark recht«, sagte der Zwerg. »Wir müssen vorher wissen, wie wir's antreffen, sonst lässt sich kein vernünftiger Plan fassen.«

Nun brachte sich der Schiefhals zum zweiten Mal in Erinnerung. Seit Störtebekers Lob war ihm der Kamm gewachsen. »Lasst mich das machen mit Koggen-Monks Kleinboot«, bat er. »Es hat ein Segel, spricht auf den leisesten Wind an und ich kann damit umgehn. Und dass ich gute Augen hab, bewies ich schon.«

»Du hast die Masten ausgemacht, Schiefhals. Du sollst auch herausfinden, was sich darunter verbirgt«, gab Störtebeker kurz entschlossen seine Zustimmung. »Merk dir genau, was uns von Nutzen sein kann, und finde heraus, wie wir am besten und sichersten mit den Schiffen hinkommen. – Wen willst du als zweiten Mann?«

»Ihn!« Der Schiefhals zeigte auf den Namenlosen und der nickte.

Das Boot wurde mit der Rahtalje zu Wasser gefiert. Sie richteten den Mast auf, ließen das Segel fallen und legten ab. Es war keine Zeit zu verlieren.

»Wir setzen ein Licht auf den Bug, dass ihr uns wiederfindet!«, rief Störtebeker ihnen nach. Bald darauf hatte die Nacht Boot und Segel verschluckt.

Ein leiser Wind strich jetzt vom Land zum Meer hin. Er genügte, um das leichte Boot gut voranzubringen. Sie steuerten die erste Insel an und folgten dem blauschwarzen Schatten nordwärts. Der Namenlose warf vom Bug ab und zu das Lot aus. »Kein Grund!«, sagte er meistens. Überall war das Wasser tief, wenn sie sich nahe genug an die Inseln hielten.

Das hatte der Schiefhals schon vom Krähennest aus gesehen und sich gemerkt. Sie brachten die zweite Insel hinter sich, überquerten einen Wasserarm, auf den der Mond Silberlicht streute, und dann wuchs der Schatten der dritten Insel vor ihnen auf.

»Das ist sie!« Der Schiefhals flüsterte, obwohl keine Ohren in der Nähe waren, die hören konnten. »Lass uns an der Leeküste nach Norden segeln. Da suchen wir uns ein Versteck für das Boot.«

Als sie die Inselküste bis zur halben Länge hinaufgefahren waren, fanden sie eine Bucht. Der Schiefhals warf die Schot los, ließ das Segel flattern und steuerte das Boot mit der letzten Fahrt um die scharfe Felsnase herum in die kleine Bucht hinein. Bäume und Büsche standen bis nahe an das Ufer heran und ein heller Streifen zeigte kiesigen Strand an. Alles war so, wie sie es brauchten. Knirschend schob sich der Bootsbug auf die Kiesel. Der Namenlose sprang an Land, zog das Boot höher auf den schmalen Strand hinauf, nahm die Bugleine, machte sie an einem starken Stamm fest. Der Schiefhals zog den Mast heraus, rollte das Segel um die Rah, schob alles unter das dichte Ufergebüsch. Die Ruderpinne und die beiden Riemen legte er dazu. Der Namenlose nahm seine tödliche Eisenstange auf. Der Schiefhals tastete nach seinen Wurfeisen – ja, sie steckten griffbereit in der Beintasche. Dann tauchten sie im Dunkel der Bäume unter.

»Wir müssen uns rechts halten. So hab ich's im Kopf«, flüsterte der Schiefhals. »Ich sah die Masten am Nordende und gleich daneben ragte ein hoher Felsklotz auf.«

»Ist es weit?«, zischte der Namenlose.

»Nicht sehr weit, denk ich. Die Insel kam mir nicht groß vor vom Krähennest aus.«

»Geh du voran. Meine Augen taugen nicht für das Dunkel.«

Es gab weder Weg noch Pfad. Über schroffes Gestein ging es, durch verfilztes Strauchwerk, über gestürzte Bäume und unter niedrigen Ästen hindurch. Der Namenlose hielt sich so dicht hinter dem Schiefhals, dass er ihn zu jeder Zeit mit der Hand berühren konnte, und klirrte seine Eisenstange mal gegen den Fels, verschluckte er den Fluch.

Es wurde heller. Das Mondlicht gab den Bäumen ihre wahre Gestalt zurück. Der Schiefhals blieb stehen.

»Was ist los?«, murmelte der Namenlose.

»Ich seh Wasser. Wir sind da«, flüsterte der Schiefhals.

Wie eine Sichel öffnete sich die Bucht nach Westen hin. Den südlichen Sichelarm bildete eine schmale, niedrige Landzunge mit einzelnen Bäumen. Im Norden wachte der hohe Felsen, der dem Schiefhals schon oben im Krähennest aufgefallen war. Und mitten in der Sichel, näher zum Felsen hin, ankerten zwei stattliche Holks, den Bug nach Westen gewendet. Diese Sichelbucht mochte an die acht Schiffslängen breit sein, schätzte der Schiefhals, und gut sechs schnitt sie ins Land ein. Der Felsen fiel steil ab – da musste Tiefwasser sein und an der Landzunge entlang vermutete er flaches Wasser. Dann entdeckte er noch etwas und das mochte von Wichtigkeit sein: Der große Felsen war in zwei Teile gespalten!

»Das sollten wir uns genauer angucken. Mag sein, dass es dort einen Durchschlupf gibt«, flüsterte der Schiefhals.

Gebückt erkletterten sie den Felsbuckel, schoben sich bäuchlings an die Steilwand heran, bis sie in den engen Kanal hineinschauen konnten.

»Ungefähr acht Fuß breit und gut zwanzig Klafter lang. Überall Wasser, Tiefwasser scheint mir«, murmelte der Schiefhals. »Mit dem Kleinboot kommen wir durch …« Er hob den Kopf und ließ die Augen zu den beiden Holks hinwandern. »Die Dänenflagge hängt im Topp und in beiden Krähennestern hält niemand Ausguck. Alles Schiffsvolk ist unter Deck und ich kann nur eine Wache entdecken. Auf dem Vorderkastell des Holks, der uns am nächsten liegt! Sie sind leichtsinnig, diese Dänen …«

Der Schiefhals schätzte alle Entfernungen so genau wie möglich, prüfte den Wind und sah nach dem Mondstand.

»Wird Zeit für den Rückweg«, mahnte der Namenlose.

Es ging auf die Mitte der Nacht zu – da sahen sie den schwachen Lichtschein und wenig später wuchs der Bug des »Seewolfs« vor ihnen auf. In der Achterkajüte wartete man schon auf sie.

Der Schiefhals gab einen genauen Bericht, beschrieb die Sichelbucht, die Schiffe und ihren Ankerplatz. Von dem engen Felskanal erzählte er, nannte die geschätzten Entfernungen, sagte, wo er tiefes und wo er flaches Wasser vermutete. »Und über beide Schiffe wacht nur ein einziger Mann!«, berichtete er die wichtigste Entdeckung zum Schluss. Der Zwerg nahm einen Federkiel und kritzelte eine grobe Karte mit Insel, Bucht und Schiffen auf ein Pergament, das er sich schon bereitgelegt hatte.

»Mit dem Schiefhals hast du einen guten Fang getan, Klaus«, sagte Fark Wichmann anerkennend. »Der hat nicht nur scharfe Augen – der hat auch noch Grütze im Kopf!«

»Weiß ich, Fark. Er ist noch ziemlich jung, will ihn aber trotzdem zu meinem zweiten Maat machen.« Sogar der Zwerg Wigbold verstieg sich zu einem beifälligen Grinsen, hatte er doch alles erfahren, was für den Angriffsplan nötig war.

»Nur zwei Augen für zwei Schiffe! Die wollen es uns besonders leicht machen«, sagte Störtebeker lachend.

Der Zwerg schaute von seiner Kartenzeichnung auf. »Wenn es uns gelingt, die einzige Wache noch vor dem Überfall beiseite zu schaffen, sind sie blind. Wir können sie überraschen und ohne Kampf erobern.«

»Ganz ohne Kampf?«, fragte Störtebeker.

»Ich weiß, die Helden wollen lieber den Streit«, spottete der Zwerg. »Aber wir sollten unser Blut für

Gelegenheiten aufsparen, wenn wir es nötiger brauchen. Ich habe da einen Plan im Kopf …«

Noch war es dunkel. Die beiden großen Segel folgten dem kleinen, das ihnen den Weg zeigte. Lautlos glitten sie an zwei Inseln vorbei auf eine dritte zu und nachdem sie deren Nordostecke gerundet hatten, drehten die beiden großen Schiffe bei und geiten die Segel auf. Der Plan sah vor, dass Störtebekers »Seewolf« und Wichmanns »Makrele« dort warteten, bis der Schiefhals das Zeichen gab. Dann erst sollten sie um die Nordwestecke der Insel herum in die Sichelbucht einlaufen. Nur das Kleinboot fuhr weiter nach Westen, drehte dann auf die Felsen zu und war so plötzlich verschwunden, als hätte die steinerne Wand es verschluckt.

Sie waren im Felskanal. Der Schiefhals hatte die Breite gut abgeschätzt, ein guter Fuß Raum blieb ihnen zu beiden Seiten. Sie brachten das Boot durch die Enge, indem sie es mit den Händen an den Felswänden vorausschoben, die senkrecht ins Wasser stürzten. Als hätte Thors Hammer einen riesigen Steinklotz in zwei Teile gespalten, um dem Wasser Durchlauf zu schaffen, so sah es aus. Kurz vor der Ausfahrt in die Sichelbucht legte der Schiefhals den Mast, rollte das Segel und klemmte alles unter der vorderen Sitzbank fest. Kein Klappern durfte sie verraten, sollte ihr schwieriger Auftrag gelingen. Dann erst streckten sie die Bootsnase so weit aus dem Schlupfloch heraus, dass Sie vom Bug aus die Bucht übersehen konnten.

Der erste Holk lag genau querab, nur einen knappen Steinwurf von ihnen entfernt. Der Bootsbug und sein Heck lagen auf einer Linie. Der zweite Holk lag mit dem ersten Bord an Bord. Sie gaben sich wie Zwillingsbrüder, die sich nicht voneinander trennen mochten. Der Mond stand im Nordwesten niedrig über der Felskuppe, sodass er nur sein Licht auf Masten, Vorder- und Achterkastelle streuen konnte. Die Bordwand des ersten Holks und das Wasser, das sie queren mussten, lagen schwarz im Schatten des hohen Felsens. Die einzige Wache auf dem Vorderkastell kehrte ihnen den Rücken zu, lehnte gegen das Schanzkleid und schaute auf die Öffnung der Bucht hinaus. »Nur von dort kann ein Feind kommen, wenn überhaupt einer kommt, was ich nicht glaube.« So hatte der Schiffshauptmann ihm gesagt. Sonst war kein Leben auf den Decks. So brauchten sie es!

Der Namenlose schob das Boot mit einem kräftigen Stoß auf das schwarze Wasser hinaus. Der Schiefhals legte den mit einem Lappen umwickelten Riemen in das halbkreisförmige Loch am Heck ein. Behutsam wriggte er das Boot auf die Mitte des Holks zu und ging so leise längsseits, dass kein Holzknirschen die Stille brach.

Mit den Fingern konnte der Namenlose eben das Schanzkleid fassen. Nur mit den Armen zog er sich hoch, rollte sich darüber, setzte die nackten Fußsohlen geräuschlos auf das Deck. Der Schiefhals sah noch, wie er geduckt auf der obersten Stufe der

Treppe stand, die zum Vorderkastell emporführte. Dann sah und hörte er nichts mehr, bis der Namenlose wieder am Schanzkleid auftauchte und seine Hand hob. Das hieß: Ich hab die Wache erledigt und werde gleich ihren Platz einnehmen. Du kannst das Zeichen geben! Der Schiefhals reichte ihm noch die Eisenstange hinauf, bevor er losfuhr.

Nun brachte er sein Boot wieder durch die Enge und auf die Nordseite der Insel zurück und wriggte ein Stück ins freie Wasser hinaus. Dort zündete er eine Pechfackel und schwenkte sie über dem Kopf hin und her. Als auf dem »Seewolf« eine Fackel »verstanden« zeigte, warf er seine ins Wasser, wo sie zischend verlosch. Damit hatte er seinen Teil getan. Alles andere mussten »Seewolf« und »Makrele« besorgen. Er war nur Zuschauer, weil keine Zeit blieb, das Kleinboot an Bord zu nehmen. So drückte er sich wieder in den Felskanal hinein, um an der Ausfahrt zur Sichelbucht auf das zu warten, was nun kam.

Mit schwachem, achterlichem Wind glitten »Seewolf« und »Makrele« lautlos auf die Bucht zu. Das Schiffsvolk stand sprungbereit an den Schanzkleidern aufgereiht. Niemand gab einen Laut von sich. Kein Eisen klirrte. Mit drei Schiffsbreiten Abstand segelten sie nebeneinander auf ihre ahnungslosen Opfer zu … Dann platzte die Stille! Holz prallte gegen Holz! Und knirschend rieben sich die Planken aneinander, als die Vitalier die beiden Dänenschiffe in die Mitte nahmen. Sie lagen noch nicht ganz fest –

da sprangen die Gesellen schon und überschwemmten die Decks. Im Handumdrehen waren Türen und Luken vernagelt, sodass kein dänischer Mann auf Deck gelangte. So war es geplant. In ihrem Schiffskerker mochten sie schreien, fluchen und gegen die Planken klopfen – erst in Stockholm sollten sie wieder das Tageslicht sehen. Als Gefangene.

Als der Schiefhals an Bord zurückkletterte, holten sie gerade die Herren des Achterkastells aus der Kajüte heraus und legten ihnen Fesseln an. Fünf Männer waren es: Der Schiffer, seine beiden Maate, ein dänischer Feldhauptmann und zu ihrer größten Überraschung auch noch ein Gottesmann! Der Bischof von Strängnäs war ihnen auf seiner Rückreise von Vordingborg in die Hände gefallen. Und noch eine zweite Überraschung gab es: Außer dem Schiffsvolk waren auf jedem Holk noch vierzig dänische Kriegsknechte eingesperrt. Eigentlich waren sie zur Verstärkung von Königin Margaretes Belagerungsheer bestimmt und nun würden sie als Gefangene in Stockholm landen.

Dem Zwerg Wigbold stand ein breites Grinsen im Gesicht. »Einen leibhaftigen Bischof haben wir uns da eingefangen, Klaus. Den lassen wir in einem Stockholmer Verlies für uns aufbewahren. Und einen tüchtigen Batzen Lösegeld wird man uns zahlen müssen, wenn sie ihren Oberhirten bei guter Gesundheit wiederhaben wollen. *Diese* Leute werden hoch gehandelt.«

Als die Nacht ihren blauvioletten Mantel eingerollt hatte und der Tag aus dem Wasser gekrochen war, machten sich statt zwei vier Schiffe auf den Weg nach Stockholm. Voraus segelte der »Seewolf«, in der Mitte die beiden Prisen und den Schluss bildete Wichmanns »Makrele«. So zogen sie nordwärts. Vom Krähennest hielt der Schiefhals Ausguck. Auf dem Achterkastell stand Störtebeker neben dem armen dänischen Schiffer, der sie nach Stockholm lotsen musste. Er sei ein toter Mann, hatte Störtebeker ihm angedroht, wenn man einem Riff auch nur zu nahe käme. Der Namenlose war mit dem größten Teil der Raubgesellen auf der Prise geblieben, um sie zu führen und die Gefangenen unter Deck in Schach zu halten.

Zwei Tage später machten sie vor Stockholms hölzerner Ringmauer die Leinen fest. Sie waren die ersten Schiffe der ganzen Vitalierflotte. Am Tag darauf liefen Henning Mandüvel, Marquard Preen und der wortkarge Hinrich Lüchow ein. Noch einen Tag später kamen Gödeke Michels, Klaus Scheld, Arend Styke und Weddemunkel an. So fand sich die zerstreute Vitalierherde nach und nach wieder in Stockholm zusammen.

Vielen Schiffen hatte der Sturm bei Öland so übel mitgespielt, dass sie mit ihren gelaschten Masten oder Spieren, den zerschlagenen Schanzkleidern und geflickten Segeln wie gerupfte Hühner aussahen. Sechs Schiffe der Flotte kamen überhaupt nicht an. Zwei hatte die Brandung vor Ölands Südspitze zu Kleinholz zerschlagen. Eins, das in den Kalmarsund verschlagen wurde, warf die Brandung an Ölands Westküste auf den Strand. Das überlebende Schiffsvolk schlugen die erbitterten Öländer tot, denn sie wurden immer wieder von Räubern heimgesucht, ob das nun Könige, Fürsten oder Seeräuber waren. Drei Schiffe verschwanden spurlos. Niemand wusste zu sagen, wo die wütende See sie gefressen hatte.

Die Hauptleute und viel Schiffsvolk trafen sich auf dem Bollwerk, um die Prisen zu begutachten.

»Wo triebt Ihr Euch so lange herum, Henning Mandüvel? Fark Wichmann und ich waren die Ersten in Stockholm und brachten auf dem Herweg noch ein gutes Stück Arbeit hinter uns, wie Ihr seht«, spottete Klaus Störtebeker. »Wir haben Euch sehr vermisst, als es galt, das Reich Dänemark zu schädigen! Achtzig von Margaretes besten Kriegsknechten brachten wir mit und machten sie den Mecklenburger Hauptleuten in Stockholm zum Geschenk. Und dazu noch, außer der eigenen Ladung, eine Menge Kriegsgut, das ihnen sehr zupass kam. Sie wussten uns Dank und nahmen als Gegenleistung den Bischof von Strängnäs für uns in Verwahr, bis er ausgelöst wird. Wie gefällt Euch das, Ihr Herren?«

»Ihr hattet eben Glück, Störtebeker. Mal hilft's dem einen und mal dem anderen. Diesmal war die Reihe an Euch«, sagte Henning Mandüvel verdrießlich. »Vor allem vergesst nicht, den ausgemachten

Anteil Eures Prisenerlöses an die Flottenkasse abzuführen!«

»An dem Bischof hat die Flotte keinen Anteil – der gehört uns allein!«, giftete der Zwerg.

»Verdammt! Jetzt treibt diese Bande schon ihren Handel mit Gottesmännern«, wütete Henning Mandüvel, als sie zu ihren Schiffen zurückkehrten.

»Wer sich mit Teufeln verbündet, darf sich nicht wundern, wenn es nach Hölle stinkt, Mandüvel«, erinnerte ihn Marquard Preen.

»Eben!«, knurrte Hinrich Lüchow und kniff ob dieser langen Rede schnell den Mund zu.

Mit acht Schiffen segelten sie durch den Öresund, fuhren in Kiellinie und ein rauer Südwest schob sie stetig nach Norden. An ihren Masttoppen wehte der lübische Doppeladler aus. Der sollte sie als friedfertige Hansefahrer ausweisen.

Die lübische Flagge brachte uns schon mal Glück. Dabei sollten wir bleiben, hatte Magister Wigbold gemeint, als er ihnen seinen verwegenen Plan schmackhaft machen wollte: nach Bergen hinauf, um das reiche Hansekontor zu überfallen und die satten Krämer tüchtig zur Ader zu lassen! Wär höchste Zeit für einen lohnenden Raubzug! Die Gesellen knurrten schon unzufrieden hinter den Rücken ihrer Hauptleute; war doch die Beute an der schwedischen Ostküste inzwischen recht mager geworden. Der Däne ließ in letzter Zeit nur noch kleine Schiffe ausfahren und *die* entwischten einem zwischen den tausend Inseln wie schleimige Aale. Die geringe Beute müssten sich dann auch noch viele teilen. Die schlauen Hansen hielten ihre Schiffe zurück, hatten sogar die Schonenfahrt stillgelegt, seit sie immer mehr Schiffe verloren. Zum Teufel! Man sollte endlich wieder einen Zug wagen, hatte der Zwerg verlangt.

Klaus Störtebeker, den dicken Wichmann, Weddemunkel und Scheld brauchte er nicht erst lange zu überreden. Selbst der bedächtige Gödeke Michels stimmte dem Plan zu, nachdem er sich den Vorschlag kurz überlegt hatte. Rembold Sanewitz und noch zwei fanden sich mit ihren Schiffen und Schiffsvolk dazu. Acht Schiffe mussten es mindestens sein, damit genug Mannschaft für den Überfall zusammenkam. Man wollte durch den Öresund segeln, weil man von da den besten Absprung ins Kattegat hatte. Die Enge bei Hälsingör musste dabei in Kauf genommen werden und die starke Kronborg, die dort den Sund bewachte. Die Drohung ihrer Feuerschlünde und Steinkugeln wurde aber nur gefährlich, wenn man sich zu dicht unter Land wagte.

Klaus Störtebeker, der mit seinem »Seewolf« die Spitze hielt, wollte die Flotte bei Nacht durch die Enge führen. Dazu hatte er sich Wichmanns zweiten Maat ausgeliehen, einen ehemaligen dänischen Fischer, der den Sund wie seine Hosentasche kannte. Trotzdem war es ein Wagnis. Die Schiffe mussten sich nah beieinander halten und während der Nachtfahrt sollte jedes eine Pechfackel am Heck zeigen, die dann nach der einen oder anderen Seite geschwenkt wurde, um eine Kursänderung anzuzeigen. Es dämmerte, als die Flotte an dem hohen Höcker der Insel Ven vorbeizog. Ein Boot unter Segeln löste sich aus dem Schatten der Steilküste: die Sundwache! Sie kam, um sie anzurufen und nach dem Woher und

Wohin zu fragen. Die Dänen waren höllisch wachsam geworden, seitdem sie die Vitalierpest auf dem Hals hatten.

Das offene Boot schor längsseits und hielt den gleichen Kurs mit. »Schiff ho! Von woher kommt Ihr? Und wohin seid Ihr bestimmt?«

»Jetzt bist du an der Reihe, Kleiner«, flüsterte Störtebeker. »Lass dir etwas einfallen.«

»Gut Freund sind wir! Und gut lübische Schiffe dazu. Wir sind für Bergen bestimmt!«, schrie der Zwerg vom Achterkastell.

»Bist du des Teufels, die Wahrheit zu sagen!«, zischte Störtebeker ihm zu.

»Still! Lass mich nur machen«, gab der Zwerg zurück.

»Was ist Eure Ladung?«, hieß die nächste Frage.

»Wir haben keine Ladung an Bord. Gehen in Ballast nach Bergen, um Fracht zu nehmen für Roskilde, Kopenhagen und Lübeck. Und wegen dieser elenden Seeräuberei taten wir uns mit acht Schiffen zusammen.«

»In Ordnung. Braucht Ihr einen Lotsen bis Kullen?«

»Nein. Wir kommen allein zurecht!«

Das Wachboot drehte bei und war bald wieder im Schatten der Insel verschwunden.

»Gut, dass sie nicht neugieriger waren und an Bord kommen wollten, diese Dänen«, sagte der Zwerg. »Das erspart uns eine Menge Ärger.«

»Dann hätten wir sie abtun müssen«, antwortete Störtebeker. »Damit hätten wir nur das ganze Wespennest aufgestochert. So ist es besser gelaufen.«

Stumm wie ein Geisterzug glitten die acht Schiffe durch die Nacht, eins hinter dem anderen und die flackernden Feuer zeigten jeweils dem nächsten den Weg. Wurden die Fackeln zu einer Seite hingeschwenkt, meldete es der Bugausguck; über eine Kette von Mündern wurde die Meldung zum Achterkastell weitergegeben und darauf das Ruder gelegt. An der Kronborg schlichen sie sich unbemerkt vorbei, indem sie den Fackelschein zum Land hin sorgfältig mit einem Sack abschirmten. Bald weitete sich die Enge wieder und als die erste Röte hinter der Schwedenküste heraufkroch, hatten sie das hohe Steinkap von Kullen querab. Die Weite des Kattegats lag vor ihnen.

Auf dem Achterkastell ging der Namenlose zusammen mit dem Schiefhals die Morgenwache. Der eine stand wie immer allein am Ruderholz, während der andere über Wind und Segel wachte und von Zeit zu Zeit das Lotblei auswerfen ließ. Das Schiffsvolk hatte sich daran gewöhnt, dass dieser junge Schiefhals mit den Falkenaugen den Dienst eines Maats verrichtete.

»Was denkst du, wird es gut ausgehn, das mit Bergen?«, fragte der Schiefhals.

»Warum soll's nicht gut gehn«, knurrte der Namenlose. »Der Zwerg wird schon einen Plan ausbrüten, wie's laufen muss.«

»Hört Störtebeker denn immer auf seinen Rat?«

»Meistens. Ist auch das Beste, was er tun kann. Der eine ist ein Seefahrer, wie es kaum einen besseren gibt, und gewaltig im Streit. Der andere ist schlauer als der Teufel. Da haben sich die Richtigen zusammengetan.«

»Du bist auch ein furchtbarer Kämpfer.«

»Das Totschlagen ist schnell gelernt, wenn man einmal damit angefangen hat.« Der Namenlose winkte den Schiefhals zu sich heran und flüsterte: »Du kannst es mir ruhig sagen – möchtest du von Bord, bevor du dich an unser Handwerk gewöhnt hast? *Ich* kann dir dabei helfen.«

Der Schiefhals schüttelte den Kopf. »Zuerst hab ich oft an Flucht gedacht, aber ich hab's aufgegeben. Wohin sollte ich auch! Der Einzige, der mir Gutes tat, war Koggen-Monk. Und Koggen-Monk ist tot! Dieser Pfeifer brachte ihn um!« Er zischte den Namen des Mörders zwischen den Zähnen hervor und fasste nach seinen Wurfeisen. Der Namenlose sah es.

»Du willst den Pfeifer töten?«

Der Schiefhals nickte.

»An dem verliert die Welt nichts, will's zugeben«, knurrte der andere. »Aber gib mir Bescheid, wenn es so weit ist. Du kennst unser Gesetz: Wer einen Bordgesellen tötet, bekommt selber den Tod. Sonst sind sie an Bord nicht in Zucht zu halten.«

Eine ganze Weile schwiegen sie. Dann wagte der Schiefhals eine Frage, die er sich schon lange vorgenommen hatte: »Sie nennen dich den Namenlosen. Ich hab es nie anders gehört. Du musst doch einen Namen haben. Warum verschweigst du ihn? Ich kann mich auf den meinen nicht besinnen, war zu jung, als die Eltern starben. So wurde ich nie anders als Schiefhals gerufen, nur Koggen-Monk nannte mich Junge.«

Der Namenlose ließ sich Zeit mit der Antwort. Es fiel ihm nicht leicht, über den Teil seines Lebens zu sprechen, den er begraben hatte. Dann erfuhr der Schiefhals, während der »Seewolf«, von einem sanften Wind getrieben, über das Kattegat steuerte, eine Geschichte, die noch mehr Leid und Böses barg als sein eigenes, bitteres Schicksal.

»Mag gut sein, dass ich's mal loswerde. Aber kein anderer als du soll es erfahren«, begann der Mann mit dem zerstörten Gesicht. »Alle, die ich liebte, sind tot. Ich kann nur noch mit Hass an meine Zeit an Land zurückdenken. Meinen Namen willst du wissen? Ich heiße Klaus, genau wie der, der sich unter unseren Füßen von einer langen Nacht ausruht.« Er stieß ein gurgelndes Lachen aus. »Und weil zwei, die Klaus heißen, nicht auf dasselbe Achterkastell passen, lass ich's beim Namenlosen. Den Vaternamen könnte ich nennen, aber er steht mir nicht zu. Ich bin ein adeliger Bankert! Von einem adligen Herrn gezeugt, der eine schöne Niedriggeborene in sein Bett zwang, um sich eine Weile mit ihr zu vergnügen. Als sich ihr Leib wölbte, bekam er sie satt und jagte sie davon.

Das ist Herrenrecht. Haben sich diese Herren selber geschaffen, um mit Abhängigen umspringen zu können, wie es ihnen beliebt, und dagegen darf kein Knecht aufbegehren, wenn er am Leben bleiben will.« Der Namenlose stockte und ballte die Faust.

Wird er weitersprechen?, dachte der Schiefhals und wartete schweigend.

»Das war der Anfang. Weiter ging's, wie es meistens weitergeht für die, die im Unglück sind. Meine Mutter brachte mich im Elend zur Welt. Einmal schien es, als wollte sich unser Leben zum Besseren wenden. Ein Mann fand sich, der sie und das Kind nahm, einer, der gut war. Aber der wurde von streunenden Bluthunden zuschanden gebissen. Man fand ihn mit zerrissener Kehle auf. Das war zu der Zeit, als ich meine Knochen in die Länge streckte. Ein Jahr später ging ich zu einem Grobschmied in die Lehre. Im Winter darauf hustete meine Mutter Blut, und als das erste Grün spross, legte ich sie in die Erde …« Der Namenlose schwieg wieder eine Weile und fuhr dann fort: »Ich hab dir so viel erzählt, dann kannst du auch den elenden Rest erfahren. Ich will ein paar Jahre überspringen; da war nichts, was zu berichten lohnt. Dann fand ich ein Mädchen. Sie war schön wie einst meine Mutter, aber blind von Kind an. Mag wohl sein, dass sie darum einen hässlichen Kerl wie mich nahm. Mein alter Meister war ohne Erben; er gab mir die Schmiede in Pacht. Ich war stark und dachte, ich könnte wohl für zwei und mehr sorgen. Doch bevor noch ein gutes Leben daraus werden konnte, kam schon das Ende. Maria, so hieß sie, stand auf dem Sandweg vor der Schmiede, als sie geritten kamen. ›Aus dem Weg, Dirn! Mach Platz für den Herrn!‹, hörte ich eine Stimme schrein, die ich wohl kannte. Auch ihren jammervollen Schrei hörte ich und stürzte nach draußen. Zu spät! Sie lag im Staub und rührte sich nicht. Er hatte sie umgeritten! Sein edel geborener Sohn, mein Halbbruder, war eins von diesen Herrchen, die ihren Übermut an Mensch und Tier auslassen. – Ich nahm Maria auf meine Arme, sah noch, wie er und zwei Knechte lachend davonsprengten, bevor ich sie ins Haus trug. Will's kurz abmachen: Das Kind kam zu früh und tot zur Welt. Maria starb in ihrem Blut und ich konnte ihr nicht helfen. So begrub ich beide und mit ihnen mein altes Leben. Gleich am Tag darauf schmiedete ich die eiserne Stange – du kennst sie ja … Schmiedete sie so fest und dauerhaft wie kein Stück zuvor und mit jedem Hammerschlag trieb ich meinen Hass auf den Mörder tiefer in das Eisen hinein. Zuletzt gab ich der Spitze die Härte. Zwei Wochen lang lag ich auf der Lauer, dann kamen sie durch den Hohlweg geritten – mein Erzeuger, sein Sohn und ein Knecht. Ich sprang ihnen in den Weg, dass sich die Pferde hoch aufbäumten. Dem Alten stieß ich die Stange durch die Brust und zog ihn tot vom Pferd. Und bevor mein Halbbruder das Schwert ziehen konnte, hatte ich ihn schon aus dem Sattel gerissen und mit einem Faustschlag von Sinnen und zu Boden gebracht. Als ich die Stange gegen den Knecht wenden wollte, sprengte der in wildem Schrecken davon. Nun nahm ich mir Marias Mörder vor! Ich zog ihn hoch, schüttelte ihn ins Leben zurück, legte meine Hände um seinen Hals. Dieser Herrenhund sollte bei vollem Verstand seinen Tod schmecken. Als er jämmerlich um sein Leben flehte, machte ich voll Ekel ein Ende, griff fester und würgte ihm sein Leben ab. Seine Leiche warf ich neben die des Alten. Der Knecht war davongekommen. So wusste ich nur zu gut, was nun kam. Sie würden alle Knechte aus der Nachbarschaft zusammenrufen, um mich zu fangen. Du kannst dir denken, wie's ausgeht, wenn viele den einen hetzen. Ich lief davon, quer durch das Land. Nur die Eisenstange nahm ich mit auf die Flucht. Nach zwei Tagen stellte mich die Meute in einer Hütte, wo ich für die Nacht unterkriechen wollte. Zwei Bluthunde hatten mich aufgespürt. Ich erschlug beide. Dann hörte ich, wie sie mit Geschrei anrückten, und stellte mich in der Tür zum Kampf bereit, sodass ich den Rücken frei behielt. Hatte wenig Hoffnung, mit dem Leben davonzukommen, aber lebend sollten sie mich nicht haben, nahm ich mir vor. Du weißt, wie ich mit der Stange kämpfe. Und sie erfuhren es! Für mich gibt es keine bessere Waffe, gleich gut für Hieb und Stich. Bald häuften sich ihre Leichen vor meinen Füßen. Eine war durch das Türloch gestürzt, was dann einen guten Teil zu meiner Rettung beitragen sollte. Sie zogen sich ein halbes Hundert Schritte zurück. Was hatten sie vor? Wollten sie die volle Dunkelheit abwarten, um ihren Angriff zu erneuern? Ich zog indes die Leiche ganz in die Hütte hinein und schloss die Bohlentür. Durch eine abgebrochene Planke konnte ich die Meute im Auge behalten. Es dauerte lange, bis etwas geschah. Dann hörte ich Pferde schnauben und Wagenräder kreischen. Von der Seite her fuhren sie einen schweren, steinbeladenen Wagen vor die Tür und versperrten sie, ohne dass ich es hindern konnte. Ich brauchte nicht lange zu warten, bis ich erfuhr, was sie nun vorhatten: Es knisterte über meinem Kopf. Ich sah den roten Schein. Sie hatten die Brandfackel ins Dach geworfen. Sie wollten mich lebendig verbrennen! Meine Rettung verdankte ich einer Grube, einem Eimer Wasser und einer Leiche. Aber bevor ich mich in die Grube bergen konnte, fiel ein ganzes Bündel brennendes Stroh über mich und brachte mich fast von Sinnen. Ich biss die Zähne zusammen, goss den Eimer Wasser über mich, kroch in die Grube. Die Eisenstange legte ich quer und zog dann die Leiche darüber, sodass mir der tote Leib Schutz gab vor dem Feuer. Es war höchste Zeit; das Dachgebälk kam brennend von oben. Ich schrie wie einer, der den Feuertod leidet, um sie zu täuschen. Brauchte mich nicht mal anzustrengen, bei den Schmerzen, die ich litt. ›Der Hund verbrennt!‹, hörte ich sie draußen rufen. Es roch nach verbranntem Fleisch. Das war der Tote über mir …

Sie warteten, bis das Feuer heruntergebrannt war. Dann schauten sie nach, was aus mir geworden war. Ich hörte in meinem Loch, wie sie den verkohlten Körper für meinen nahmen. Sie zogen ab. Eine kurze Zeit hielt ich noch aus, bevor ich halb von Sinnen vor Schmerz aus der Grube kroch und davontaumelte. Wie ich die nächsten Tage überstand, weiß ich heut nicht mehr zu sagen, weiß nur, dass ich durch einen großen Wald irrte. Ich war dem Tod wohl näher als dem Leben, da traf ich auf eine Köhlerhütte und zwei Menschen, die mir in meiner Not beistanden. Die Frau war kräuterkundig; ihr verdanke ich mein Leben. Sie bereitete eine Salbe, die sie mir jeden Tag neu auf das rohe Fleisch strich. Aber es dauerte Wochen, bis der Feuerbrand weniger wurde und zu Narben verheilte, und es blieb die Fratze, in die du jetzt schaust. Nach meiner Gesundung verließ ich die guten Leute, konnte ihnen nur meinen Dank sagen, denn Geld und Gut besaß ich nicht. Sie verlangten auch nicht mehr, sagten, die Elenden dieser Welt müssten sich beistehn … Irgendwann kam ich nach Lübeck, nahm Dienst auf einem Hansefahrer, der grad Schiffsvolk nötig hatte und darum nicht viele Fragen stellte. Der Rest ist bald erzählt: Vor Bornholms Nordspitze wurden wir von Störtebekers Holk gekapert. Ich wehrte mich wieder mal wie der Teufel mit meiner Stange. Als der große Klaus den Haufen seiner Spießgesellen vor meinen Füßen sah, ließ er sich lieber nicht mit mir ein. Er senkte sein Langschwert und bot mir an in seinen Dienst zu treten. Ich wär der richtige Mann für ihn, sagte er und hatte damit nicht Unrecht. Ein Mörder ist vogelfrei, er hat sein Leben verwirkt. Er wird gejagt und als Seeräuber ist er wenigstens unter Gleichen. Bis auf mein Leben hatte ich schon alles verloren und das galt mir nichts mehr. Also schlug ich ein. – Jetzt weißt du's! Es lohnt nicht, dass ich einen Namen trage. Einer wie ich sollte besser namenlos sterben, wenn's so weit ist …«

Es war kein leichtes Stück Arbeit, acht Schiffe ohne Schaden bis an die Norwegenküste zu bringen. Im Kattegat tasteten sie sich mit dem Lotblei zwischen Sanden und Untiefen durch, und nachdem sie den drohenden Zeigefinger von Skagens Rev gerundet hatten, segelten sie in langen Kreuzschlägen nach Nordwesten.

Noch im Kattegat zwischen der Insel Läsö und der jütischen Halbinsel hatte die Flotte kurz beigedreht. Magister Wigbold ließ alle Männer, die auf Bergen gefahren waren, auf den »Seewolf« übersetzen, um alles aus ihnen herauszufragen, was sie über Bergen wussten, über die Einfahrt, das Fahrwasser, die Burg Bergenhus, über das Hansekontor und die Stadt. Als er sie leer gepresst hatte, begann er seinen Plan für den Überfall zurechtzuschneidern. Solange die Flotte den Skagerrak kreuzte, ließ er sich nicht an Deck blicken, saß in der Kajüte, grübelte und malte auf einem Stück Pergament herum. Erst als sie an einem rosafarbenen Morgen ihren Landfall machten, tauchte er wieder auf. Im Skagerrak hatten sie genug freies Wasser zum Segeln gehabt; nun bekamen sie es mit einer gefährlichen Küste zu tun. Nackte, rundrückige Felsen lagen wie schlafende Wale auf der graugrünen See und unter Wasser lauerten die Felsenhaie, um ihnen ihre zackigen Zähne in die Schiffsböden zu schlagen.

»Fischerboot voraus!«, meldete das Krähennest.

»Wir gehen auf Rufweite heran«, sagte Störtebeker. »Wir brauchen einen Küstenkundigen, der uns lotsen kann. Er soll guten Lohn haben.«

»Übertreib's nur nicht mit dem Lohn«, murrte der Zwerg. »Wär billiger, wir täten den Mann nach getaner Arbeit ab. So machen es die meisten.«

»Aber ich nicht! Er bekommt seinen Lohn und darf in Frieden von Bord. Und je wertvoller seine Dienste uns waren, desto mehr soll er haben. So will ich's immer halten. Merk dir das!«

»Als dein Schatzmeister muss ich unser Silber zusammenhalten«, wagte der Zwerg noch einzuwenden.

»Ich hör sonst gern auf dich. Aber dieser Rat taugt mir nicht. Was uns nottut, sind Freunde zu Wasser und zu Land, kleine Leute, die uns helfen, Lotsendienst leisten und Nachricht zutragen. Wir werden noch viel mehr Silber ausgeben müssen für die, die uns nützlich sind. Damit finde dich ab!«

Der Zwerg sparte sich ein weiteres Widerwort. Er wusste, wann man bei Klaus Störtebeker besser den Mund hielt.

Der Fischermann kam ohne Misstrauen an Bord, sah er doch den an dieser Küste wohlbekannten Doppeladler im Topp wehen. Er wollte sie gern lotsen, aber nicht weiter als eine Tagesreise, sonst würde ihm der Rückweg im offenen Boot zu gefährlich. Er wollte aber für einen anderen Fischer sorgen, der sie weiterführen konnte. Sie wurden handelseinig, hievten das Fischerboot an Bord und nahmen wieder Fahrt auf.

»Was ist das für ein seltsamer Felsen dort im Land?«, erkundigte Störtebeker sich. »Sieht aus wie ein Boot, das kieloben treibt.« Ein guter Seefahrer merkt sich auffällige Landmarken, um sie wiederzuerkennen, wenn er die gleiche Küste ansteuert.

»Genauso heißt der Felsrücken auch, Herr. Das ›umgekippte Boot‹ wird er hierzulande genannt«, gab der Fischer Auskunft.

Der Wind ging auf Südwest herum. Sie fierten die Schoten und machten so gute Fahrt, dass sie eben vor Dämmerung bei der Landzunge Skipmannsheia standen. Dahinter lotste der Fischer die Flotte in eine Inselbucht, wo sie guten Ankergrund fand. Am nächsten Morgen besorgte er einen Mann, der sie weiterbringen konnte.

»Du hast gute Arbeit getan. Und solltest du hier an Bord etwas bemerkt haben, was dir an einem

Hansefahrer sonderbar vorkommt, vergiss es schnell wieder zu deinem eigenen Besten.« Störtebeker drückte zwei lübische Goldmark in die schwielige Hand. Das war mehr, als der Fischer im ganzen Jahr verdiente. »Ich hab Augen und Ohren zugemacht für Sachen, die unsereinen nichts angehen, Herr. Und wenn Ihr je wieder in diese Gegend kommt, will ich Euch gern zu Diensten sein«, versicherte der Fischermann eilends. Ihm war wohl aufgefallen, dass über siebzig Gewappnete schlecht zu einem friedlichen Kauffahrer passten.

Drei Tage brauchten sie und zweimal wechselten sie noch den Lotsen. Dann warfen sie dicht vor Bergen im Schutz einer Insel die Anker.

In Störtebekers Achterkajüte blakten die Tranfunzeln und auf dem Tisch standen Kannen und Becher. Aber sie wurden nicht so rasch geleert und nachgefüllt, wie es sonst üblich war, wenn sich die Hauptleute der Vitalienbrüder um einen Tisch setzten. In dieser Nacht ließ der Gastgeber nur sparsam einschenken. Alle Köpfe sollten klar sein, noch bevor die erste Helligkeit über Bergens hohe Felsen stieg.

Der kleine Magister stand auf, reckte sich wie ein Hahn, klopfte mit dem gerollten Pergament auf das Tischholz und schaute bedeutsam in die Runde. Erst als es still wurde am Tisch, öffnete er den Mund zu einer Rede, an die mancher Vitalier noch lange zurückdenken sollte.

»Unsere Flotte ist ohne Schaden bis vor Bergens Haustür gelangt und das, Ihr Herren, ist Eurer Kunst zu verdanken. Ich muss es loben«, begann er. »Jetzt lasst mich meine Kunst zeigen; sie wird uns von Nutzen sein, wie ich hoffe. Während Ihr Eure Schiffe an Klippen und Sanden vorbei durch alle Fährnisse brachtet, tat ich meinen Teil zu unserer Sache: Ich trug indessen alles zusammen, was wir über Bergen wissen müssen, soll der Überfall von Erfolg sein. Wer Bergen plündern will, darf nur wenig dem Zufall überlassen, muss wissen, was man vorfindet. Und ich weiß es jetzt! Nun hört meinen Plan.«

»Macht es nicht zu lang, Magister! Wie das Rauben geht, wissen wir«, rief Weddemunkel dazwischen.

Der Zwerg schoss einen Blick voller Gift und Galle auf Weddemunkel ab, mit dem er nicht grad zum Besten stand.

»Ich werde so lange reden, bis ich sicher bin, dass auch Ihr es begriffen habt, Herr Weddemunkel. Und wenn ich fertig bin, mag man meinen Plan gutheißen oder verwerfen, wie es beliebt. Ihr erfahrt ihn mit voller Absicht erst kurz vor dem Überfall; auf die Weise wird Euch frisch im Kopf bleiben, was Ihr zum Nutzen der Sache wissen müsst.« Wigbold rollte das Pergament aus, beschwerte die Ecken mit Kannen und Bechern, rückte es unter das trübe Licht und bat, man möge herumtreten und sein Werk betrachten. »Hier habe ich aufgezeichnet, was ich von den Bergenfahrern erfuhr. Eine kurze Wegstrecke bleibt uns noch von hier aus, dann stehn wir vor der Vaagenbucht, um die sich Bergen herumschmiegt. Hier, hoch auf dem Felsen und zur linken Hand, liegt die Burg Bergenhus. Sie bewacht zwar die Einfahrt, aber es wird ja noch nicht Tag sein und ich denke, wir können durchschlüpfen, ohne dass man uns bemerkt oder beachtet. Bis sie gewahr werden, was sich unter dem lübischen Doppeladler verbirgt, wird es für sie zu spät sein. Die Kanonen von Bergenhus brauchen uns erst zu kümmern, wenn wir Bergen wieder verlassen. Mit reicher Beute hoffentlich. Dann aber werden die hölzernen Häuser der Stadt und des Hansekontors brennen und bei dem dichten Rauch können uns ihre Steinkugeln wenig anhaben, mein ich. Sechshundert Schritt weiter liegt das Hansekontor, die deutsche Brücke, wie man's nennt. Es ist leicht zu erkennen an dem hohen Turm der Marienkirche. Hier –« Der Zwerg stellte seinen Finger auf die Zeichnung. »Hier ist ihr Bollwerk. Wir haben keinen langen Weg, um sie im besten Schlaf zu überraschen, können vor den Toren ihrer Gaarden anlegen und bequem die Reichtümer verladen, die sie für uns aufgestapelt haben.« Er lachte meckernd und alle am Tisch stimmten ein.

»Weiter, Kleiner«, sagte Störtebeker. »Hört sich gut an bis hier.«

»Über das Hansekontor selber sollte ich noch erzählen, was ich erfuhr. Es wird uns die Arbeit erleichtern. Zwanzig Gaarden liegen am Ufer, aneinander gedrängt wie die Schafe, jeder fünfundzwanzig Schritt breit und an die hundert lang. Sie sind von Pfahlwerk umgeben und stoßen alle mit ihrer Schmalseite ans Wasser. Jeder Gaard ist in der Mitte durch einen Weg geteilt und wird nach vorn durch feste Holztore des Nachts verschlossen. Wir kommen also vor verschlossene Türen und darum die Leitern, die Ihr unterwegs anfertigen musstet. – Und nun zum Angriff: Wir müssen lautlos einsegeln ohne das übliche Geschrei. Verwarnt die Gesellen in diesem Sinn. Wie ich schon sagte, wir wollen die Hansen überraschen, wenn sie noch im besten Schlaf liegen. Auch nachher so wenig Lärm wie möglich; wir brauchen die Besatzung von Bergenhus ja nicht früher als nötig aufzuscheuchen – kriegen mit denen noch bald genug Arbeit. Wir legen an ihrem eigenen Bollwerk unter ihrer eigenen Flagge an und wenig Schiffsvolk zeigt sich. Sobald die Leinen fest sind, springen alle Gesellen an Land, teilen sich, ein Dutzend für jeden Gaard. Die Leitern werden angelegt, je zwei Mann klettern über das Pfahlwerk und öffnen als Erstes die Tore. Dann ist der Weg frei. Wie es weitergeht, muss ich nicht lange erklären. Aber das sollten die Hauptleute ihrer Mannschaft einhämmern: Allem voran gehen die Geldtruhen und Gaardenkassen! Sie müssen zuerst herausgeholt werden. Dann erst wird sich um die Beute in den Schuppen gekümmert. Bedenkt, dass wir nicht alles laden können. Lasst darum nur wertvolle Güter nehmen, wie Pelze und Tuche. Das teure Salz vergesst nicht und auch an Wein und Bier für die eigenen Leute sollten wir denken. Wir wollen mal rechnen: zweihundertvierzig Mann für die Gaarden. Der Rest bleibt auf den Schiffen, die Güter zu stauen und als Rückhalt, sollte es irgendwo Schwierigkeiten geben. Davon nehme ich noch dreißig Männer unter meinen Befehl. Mit denen kümmere ich mich um die Handwerkersiedlung. Sind sicher einige Gold- und

Silberschmiede da – wär doch ein Jammer, wenn die ungeschoren davonkämen, mein ich. Auch die Seiler wollen wir nicht auslassen, wir brauchen nötig Tauwerk für unsere Schiffe, und warum sollten wir in Rostock gutes Geld für etwas ausgeben, was wir hier umsonst kriegen. Vier Schiffe für das Hansekontor werden genügen.«

»Und was ist mit den anderen? Sollen die faul zuschaun, wie's geht?«, bellte Gödeke Michels dazwischen.

»Aber ich bitte Euch, mein Herr Gödeke«, erwiderte der Zwerg geziert. »Sollen wir der Stadt Bergen, dem Dom, dem Kloster und den reichen Bürgerhäusern etwa nicht unsere Aufwartung machen? Besonders die frommen Brüder, denk ich, werden uns niemals verzeihen, wenn wir ihnen keinen Besuch abstatten …«

Seine letzten Worte wurden von einem gewaltigen Gelächter weggespült. Klaus Störtebeker schlug seinem Ratgeber auf die Schulter, dass dem die Beine schier einknickten.

»Bist mit allen Wassern gewaschen, Kleiner. Du denkst an alles«, sagte er lachend.

Der Rest in den Bechern und Kannen wurde auf ein gutes Gelingen des Überfalls getrunken und Magister Wigbold genoss das Lob seiner Kumpane. Dann ließen sich die Vitalierhäuptlinge wieder auf die eigenen Schiffe übersetzen, um dem Schiffsvolk einzubläuen, was Wigbolds feiner Plan verlangte …

Von einem durchscheinenden Blau war die Nacht gerade noch, als acht Schiffe in den Vaagen hineinglitten. Kein lautes Wort, kein Waffenklirren, nicht mal ein Möwenschrei störte die Stille. Leise trieb sie der Nachtwind voran.

Die beiden Männer auf dem hohen Wachturm der Burg Bergenhus sahen nichts. Sie kauerten hinter der Zinnenmauer und wärmten sich an einem Holzfeuer. Die Nächte waren kalt und der Burghauptmann schaute selten nach ihnen. Und selbst wenn sie die Schiffe gesehen hätten, wäre ihnen kein Misstrauen gekommen. Die Hansen ließen ihre Handelsfahrer in Flotten von mindestens acht bis zehn Schiffen fahren, so ward auf dem letzten Hansetag verfügt. Nur dass sie noch vor dem Morgengrauen einliefen, wäre ihnen vielleicht ungewöhnlich vorgekommen.

Sobald Bergenhus achteraus peilte, teilte sich die Flotte. Vier Schiffe schwenkten zur anderen Seite des Vaagen auf die Stadt Bergen zu. Vier steuerten das Hansebollwerk an und dort war nur der mittlere Teil von Kauffahrern belegt. Das kam den Vitaliern grade recht. Zwei Schiffe legten sich davor und zwei dahinter, so nahmen die Wölfe die Herde in die Mitte. Die Schiffe schoren heran. Die Taue wurden um die Poller gelegt, die Segel aufgetucht, wie immer, nur leiser als gewöhnlich. Kaum lag man fest, da sprangen Gewappnete über die Schanzkleider, ohne Gebrüll, wie der Magister Wigbold gefordert hatte.

»Mach zuerst das Schiffsvolk stumm«, sagte Störtebeker zu Wichmann, der den Teil der Mannschaft befehligte, der auf den Schiffen bleiben sollte. »Wer uns den Schwur leisten will, wird verschont. Wir werden frisches Blut brauchen, wenn diese Nacht vorbei ist. Nicht alle Gesellen erleben den Morgen.«

Die Vitalier teilten sich in Haufen zu je einem Dutzend. Die Leitern flogen gegen das Pfahlwerk und im Handumdrehen waren die Tore aufgesperrt.

Noch war alles still.

Der Zwerg hatte sich den Namenlosen und den Schiefhals für seinen Haufen ausbedungen. »Dass mir keiner den Brand zu früh in die Häuser wirft!«, verwarnte er seine Leute. »Erst wenn das Beutegut auf unseren Schiffen in Sicherheit ist, dürft ihr die Fackeln zünden.«

»Halte dich an meiner Seite, wenn's geht«, sagte der Namenlose leise zum Schiefhals.

Als sie auf die Südostecke des Hansekontors zustürmten, kam ihnen der Nachtwächter entgegen von seiner Runde um das Geviert. Er setzte noch das Horn an die Lippen, um den Warnruf zu blasen, aber ein Ton kam nicht mehr heraus. Der Pfeifer prellte vor, stieß ihm das Messer in die Brust, dass er vornüber stürzte und sein Horn auf den Fels klirrte.

Klaus Störtebeker war überall, und wo sein Schwert wütete, hörte bald jede Gegenwehr auf. Inzwischen war die Nacht lauter geworden von den Jammerschreien, dem Angstgekreisch, Schmerzgeheul, Waffenklirren und den Hieben der Handbeile, die gegen die Türen dröhnten. Das alles vermischte sich zu einem schaurigen Chor, der immer lauter anschwoll. Bis zu zwanzig Knechte gab es in den einzelnen Gaarden und nicht alle ließen sich im Schlaf überraschen. Mancher griff noch zur Waffe, um sich mannhaft zu verteidigen. Es waren auch bärenstarke Kerle unter denen, die wohl mit Schwert und Handbeil umgehen konnten und ihr Leben teuer verkauften, sodass mancher Vitalienbruder den letzten Seufzer tat oder blutend aus dem Kampf taumelte.

Viele Gaardenbewohner ließen Hab und Gut im Stich, flohen durch die hinteren Tore auf die Berghänge und brachten wenigstens ihr Leben in Sicherheit.

Als endlich die Glocken von St. Marien die Not in die Nacht hinausläuteten und von der anderen Seite des Vaagen die Domglocken der Stadt Bergen klagten, war schon jeder Widerstand in den Gaarden des Hansekontors gebrochen. Zwischen Toten und Halbtoten begann das Beutemachen und es dauerte nicht lange, da wanderten die Güter des Kaufmanns durch ihre eigenen, weit geöffneten Tore in die Ladeluken der Seeräuberschiffe. Nur das Wertvollste wurde genommen, allem voran die Kassen und Geldtruhen. Konnte das Silber nicht gleich gefunden werden, wurde ein Hanse so lange gequält, bis er das Versteck preisgab.

Der dicke Fark Wichmann wachte über das Stauen des Raubguts. Mit seinem lauten Bass trieb er die Gesellen zur Eile: »Macht zu! Je eher wir aus dieser Felsenfalle herauskommen, desto besser für uns. Den Sieg versaufen wir, wenn wir wieder auf See sind, wie sich's gehört.« Das waren Worte, die der wilde Haufe begriff, und er zeigte, dass er genauso schnell zu arbeiten wie dreinzuhauen verstand.

Wigbolds Leute hatten leichte Arbeit mit den wehrlosen Handwerkern. Als sich die Raubgesellen wieder mit der Beute zusammenfanden, fehlte nur einer von ihnen.

»Wo ist der Pfeifer?«, fragte der Zwerg.

»Wo wird er sein? Er kümmert sich um die Weiber, wie immer«, knurrte der Namenlose. »Wird schon wieder auftauchen.«

Der Pfeifer konnte aber nicht kommen: Er lag tot in einem Brunnenschacht.

Das kleine Holzhaus lag abseits gegen den Fels gelehnt. Der Schiefhals war allein, hatte den Namenlosen kurz zuvor aus den Augen verloren. Er suchte ihn – da hörte er das Mädchen schreien in seiner Not und sah, wie eine halb offene Tür zugezogen wurde. Er zog ein Wurfeisen aus der Beintasche, warf sich gegen das Türholz. Die Tür gab nach …

Er hatte das Mädchen in die Ecke gedrängt, war schon dabei, ihr die Kleider vom Leib zu reißen. Verdammt! Wer störte ihn da! Der Pfeifer schnellte herum.

»Verschwinde, Schiefhals! Rasch! Sonst bring ich dich um wie damals den Alten!« Er griff nach dem blutigen Handbeil im Gürtel.

Auf diesen Augenblick hatte der Schiefhals länger als zwei Jahre gewartet. Sein Wurfeisen fuhr Koggen-Monks Mörder mit einer wilden Wucht durch den Hals, nagelte ihn an die Balkenwand.

Nicht mal fallen konnte der tote Leib. Das spitze Eisen hatte den Pfeifer an das Holz geschlagen.

Schreien konnte sie nicht mehr, starrte nur mit halb offenem Mund und schreckweiten Augen auf das furchtbare Bild, die Hände über die bloßen Brüste gekreuzt ... Aber dann sah das Mädchen zur Tür und schrie doch: Der Namenlose stand im Türloch!

»Still, Mädchen! Der da ist nicht so schlimm, wie er aussieht. Er tut dir nichts«, sagte der Schiefhals und wusste nicht, ob sie ihn verstand. »Und dieses Vieh –«, er zeigte auf den Toten, »brachte ich nicht nur deinetwegen um. Er schuldete mir sein Leben von früher her.«

»Die Leiche muss verschwinden! Sonst bleibt uns nur übrig das Haus anzuzünden«, sagte der Namenlose.

Das Mädchen musste ihn verstanden haben. Sie ging zur Tür und winkte, dass sie nachkommen sollten. Draußen zeigte sie ihnen ein altes Brunnenloch nahe am Bergabhang. Sie gingen wortlos ins Haus zurück. Der Namenlose riss den Eisendorn heraus, gab ihn an den Schiefhals zurück und warf sich den schlaffen Körper über die Schulter.

»Es sind nicht alle wie der, den er wegbringt«, murmelte der Schiefhals vor sich hin und steckte das blutige Eisen weg. Das Mädchen streifte sich eine Kette vom Hals, reichte sie ihm stumm hin. Eine dünne Silberkette war es und daran hing ein durchsichtiges Stück Bernstein. Der Schiefhals schüttelte den Kopf. Da legte sie das Kleinod auf seine Handfläche und er schloss die Faust darum.

»Wird Zeit, dass wir gehn«, tönte die gurgelnde Stimme des Namenlosen vom Türloch her.

Der Schiefhals schaute das Mädchen noch einmal an. Schön ist sie, dachte er und wäre gern noch geblieben. Aber er nickte ihr nur zu, hob die geschlossene Faust, die ihr Geschenk barg, drehte sich um und ging.

»Wir müssen dafür sorgen, dass ihr Haus vom Feuer verschont bleibt«, sagte er, als er die Tür hinter sich zuzog und dachte: Ich will nicht, dass sie sich grämt.

Überall züngelten jetzt die Flammen auf und das Hansekontor brannte bald lichterloh. Ihr Haus lag abseits; die beiden Freunde wachten in der Nähe, bis alle Raubkumpane abgezogen waren. Dann erst machten sie sich auf den Rückweg zum Bollwerk.

»Den Pfeifer hab ich gut versorgt«, berichtete ihm der Namenlose unterwegs. »Er liegt am Grunde des

Brunnens und ein paar große Steinbrocken warf ich noch oben auf.«

Vor dem Hansekontor tobte ein wilder Kampf im Schein der roten Flammen. Die Kriegsknechte von Bergenhus waren inzwischen hinter ihren dicken Steinmauern hervorgekommen, um den Hansen beizustehen. Lange genug hatte es gedauert und nun war es zu spät. Aber es waren doch gut hundert Gewappnete. Störtebeker musste Wichmanns Mannschaft zu Hilfe rufen, um mit ihnen fertig zu werden.

»Geh zurück an Bord! Das ist eher eine Sache für mich!« Der Namenlose schob den Schiefhals auf den »Seewolf« zu. Störtebeker und Wichmann hieben so wuchtig ein, dass sich die Angreifer lichteten. Auch Weddemunkel ließ sich nicht lumpen, zeigte, dass er wohl mit einem Handbeil umzugehen wusste. Als dann noch der Namenlose mit seiner eisernen Stange dazwischenfuhr, sank der Bergenhusmannschaft der Mut. Was noch übrig war, versuchte Leib und Leben zu retten und floh, vom Triumphgebrüll der Vitalier verfolgt.

»Auf die Schiffe zurück! Nehmt die verwundeten Gesellen mit!«, befahl Störtebeker.

Der Tag wollte schon lange kommen, konnte aber nicht, weil der dichte Rauch der Helligkeit den Weg versperrte. Rot leuchtete es rings um den Vaagen herum. Das Hansekontor brannte! Die Stadt Bergen brannte! Und das Feuer fraß sich satt am windgedörrten Holz …

Als die Vitalierflotte reich mit Beute beladen ausfuhr, kam von Bergenhus her nicht eine einzige Steinkugel geflogen. Die Kanonen schwiegen; niemand war da, sie zu stopfen und zu richten. Nur ein Drittteil des Kriegsvolks kehrte hinter die Burgmauern zurück und auch von denen waren die meisten nicht ohne Wunden.

»Hab ich's gut geplant?«, fragte der Zwerg, als sie Bergenhus achteraus peilten.

»Du bist mein bester Mann!«, lobte der Riese.

Auf allen Schiffen spülten sie unterwegs viel Blut mit viel Seewasser ab, wurden Stöhnende und Stumme mit Tuchfetzen umwickelt, damit sich ihr Fleisch selber half. Dann standen oder hinkten sie an Deck herum und hofften, dass Sonne und Seeluft ihre Löcher zuwachsen ließ. Wenn nicht, bekamen sie den Brand und der Teufel holte sie doch noch. Der Magister half, wo er konnte. Er war nicht übel in dieser Art Blutarbeit, das musste selbst der Schiefhals zugeben, der ihm hin und wieder dabei half. Zweimal schütteten sie einen armen Kerl so lange mit Branntwein voll, bis er von Verstand kam und nicht spürte, dass ihm Arm oder Bein abgesägt wurde. Der Zwerg schlug einen Knoten um die Ader, dass er nicht ganz von Blut leer lief. Mehr konnte er nicht tun.

Auf dem »Seewolf« warfen sie auf der Fahrt zwischen Bergen und Norwegens Südwestecke drei über die Seite. Als sie lebten, lästerten sie Gott und fluchten ihm. Ihren Toten aber gaben sie ein Gebet mit auf die Reise ins Wasser, auch wenn der Abschied schnell vor sich ging.

Bis sie das Skagerrak hinter sich hatten, gingen noch drei den gleichen Weg, und ein Halbtoter würde Rostock wohl nicht wiedersehen. Zwölf Mann hatten sie in Bergen verloren. Ja, die Vitalienbrüder hatten auch ihr Teil bekommen.

Bis eben hinter Skagens Rev ließ sie der Wind in Ruhe. Dann bekam er die Wut und begann Sturm zu blasen, fegte die Seeräuberflotte auseinander, dass jedes Schiff genug zu tun hatte sich über Wasser zu halten. Eins verloren sie hinter Läsö, wo es auf dem Flach zerschellte. Das zweite wurde bei der Insel Anholt von den Grundseen zuschanden geprügelt, bis die Planken barsten. So fand Weddemunkel den Tod mit seinem ganzen Schiffsvolk …

»Schade um das schöne Raubgut!«, gab ihnen Magister Wigbold als Nachruf mit auf den Weg in die Hölle.

Sechs Schiffe überstanden den Bergener Raubzug, arg zerhauen, aber sie konnten bis Rostock weiterkriechen und da ihre Wunden lecken. Die reiche Beute würde ihre Schmerzen lindern.

Als sie Ende des Jahres 1393 von Rostock nach Stockholm versegelten, ahnten sie nicht, was auf sie zukam. Der Dezemberanfang hatte sich noch recht milde gezeigt; kaum aber streckte die Flotte die Schiffsnasen in den Baltic hinaus, sprang der Wind von West nach Ost um und schob Eiseskälte auf sie zu. Die Schonenküste war noch nicht in Sicht, da hatten sich schon Spritzwasser und Frost zusammengetan, eine dicke Eiskruste um alles Tauwerk gelegt und die Segel so steif gefroren, dass sie sich nur mit Mühe zum Wind trimmen ließen. Bis zur Schärenküste hinauf blieb ihnen genug freies Wasser. Die Not mit dem Eis begann erst zwischen den vielen kleinen Inseln.

Die Gesellen begannen zu murren, sehnten sich nach Rostock zurück, dachten an warme Herdfeuer und heißes Bier. Aber das half ihnen wenig; sie mussten an Deck bleiben und jämmerlich frieren. Klaus Störtebeker bändigte sein Schiffsvolk mit wilden Blicken, warf ihm Schlappschwänzigkeit vor, wenn es allzu laut knurrte. Der schneidende Ostwind bohrte sich durch alle Kleider, blies ihnen seinen Eishauch bis auf die Haut. Je näher sie Stockholm kamen, desto mehr Eis stellte sich ihnen in den Weg. Mehr als einmal musste alles Schiffsvolk auf das Eis hinunter, um die Schiffe an langen Tauen durch eine Rinne zu treideln.

Schuld daran, dass sie sich noch im Winter auf See herumtreiben mussten, war Königin Margarete, das kluge und ehrgeizige Frauenzimmer. Die Dänen bereiteten alles vor, um das widerspenstige Stockholm noch vor Jahresende in die Knie zu zwingen. Und Stockholm schrie um Hilfe: Mehr Kriegsknechte, mehr Waffen, mehr zu essen brauchten sie! Sonst könnten sie nicht standhalten. Über vier Jahre hatte die Stadt dem gefangenen Albrecht von Schweden die Treue gehalten. Über vier Jahre lang schlug die Mecklenburger Besatzung alle Angriffe der Dänen ab. Da befahl die Schwarze Margret Algot Magnusson, einen der beiden Befehlshaber ihres Belagerungsheeres, zu sich. Dieses Stockholm müsse noch in diesem Winter fallen!, verlangte sie. Wenn es nicht anders ging, sollte man warten, bis das Eis trug, und dann von der Seeseite her stürmen. Ihre Kassen würden immer leerer, und seitdem der Hansebund im Juli des Jahres die Schonenfahrt stillgelegt hätte, wäre auch noch ihre größte Bargeldquelle verstopft. Sie sei diese endlos lange Belagerung leid, sagte sie, und Algot Magnusson versprach sein Bestes zu tun. Margarete schickte ihm an Kriegsknechten, was sie zusammenbringen konnte, dazu Waffen und Ausrüstung. Was das Heer an Nahrung brauchte, musste es aus dem umliegenden Land heraussaugen, bis es leer und kahl gefressen war.

In Stockholm wusste man, was sich in den dänischen Feldlagern zusammenbraute. Der Belagerungsring hatte Löcher genug, durch die Nachrichten in die Stadt sickern konnten. Aber würde die Seemauer noch standhalten? Otto Peccatel und Albrecht von Brandis, die beiden Mecklenburger Hauptleute in Stockholm, machten bedenkliche Gesichter: Die Mauer war nur aus Holzbalken gefügt und hatte sehr gelitten! Wenn die Vitalienbrüder nicht nach Stockholm durchkamen, sah es böse für die Verteidiger aus. Erst als Henning Mandüvel und Marquard Preen Ende November mit einer Flotte ankamen und Fracht ausluden, konnte man in Stockholm etwas aufatmen.

Jetzt waren Störtebeker, Wichmann, Klaus Mylies, Rembold Sanewitz, Arend Styke und noch zwei unterwegs, um sich mit ihrer Ladung durchzuschlagen.

Der Mann im Krähennest schaute nach Freiwasser aus, schrie seine Meldungen mit heiserer Stimme nach unten. Der Schiefhals gab die Ruderbefehle und der Namenlose legte das Ruder. Klaus Störtebeker fluchte ingrimmig vor sich hin und drohte dem Eis wütend mit der Faust. Der Zwerg Wigbold trippelte mit mürrischem Gesicht auf dem Deck hin und her, in einen Schafspelz gewickelt, der ihm bis an die Füße reichte.

»Bis Dalerö kommen wir wohl noch und weiter nicht, glaub ich. Dort wird das Eis bestimmt die enge Durchfahrt verstopft haben. – Da seh ich schon unser Zeichen! Es ist nicht mehr weit.« Der Schiefhals zeigte zur Insel hinüber, auf der ein einzeln stehender, astloser Baum wie ein dürrer Finger in die Luft stach. Er hatte dazu geraten, dass man diese Merkzeichen setzte. Mal waren es Steinhaufen, die sie auf einer kahlen Felskuppe geschichtet hatten. Oder sie stellten ein Holzkreuz auf, wo es weithin sichtbar war, schlugen Bäumen die Wipfel ab, wenn sie günstig standen, malten mit Teer Zeichen an glatte, steile Steinwände.

So fanden sie ihren Weg leichter wieder, wussten immer, wo sie waren und mieden Gefahr.

Alle trampelten mit den Füßen, um die Zehen in den Stiefeln warm zu halten.

»Es war ein Fehler, dass wir uns im Winter auf eine Stockholmfahrt einließen«, murrte der Zwerg. »Mandüvel, Preen, Lüchow und Gödeke blieben fein in Rostock liegen. Und genau das hätten wir auch tun sollen! Auf Beute brauchen wir gar nicht zu hoffen, denn alle Hanseschiffe schlafen schon seit Martini in den Häfen und werden vor Petri Stuhlfeier nicht herauskriechen – so hat es der Hansebund verfügt. Wär besser gewesen, Klaus, du hättest auf meinen Rat gehört!«

»Henning Mandüvel und seine Flotte waren grade erst aus Stockholm zurück, hatten ihre Arbeit getan. Wie sollten wir da zurückstehen! Und konnten wir vorausahnen, dass uns dieser höllische Frost überfällt?«, brüllte Störtebeker wütend, denn er ließ sich nicht gern an die eigenen Fehler erinnern. Ja, er war es gewesen, der großspurig in Rostock erklärte: »Und wenn keiner sich traut – ich, Klaus Störtebeker, will wohl die Fahrt nach Stockholm wagen!« Dann hatten sich noch ein paar gefunden, die ihren Mut beweisen wollten. Nur der Starrkopf Gödeke Michels dachte nicht daran, sich auf ein ungewisses Abenteuer einzulassen.

»Viel zu spät im Jahr für so was«, hatte er geknurrt, »kann einen leicht das Schiff kosten und meins brauch ich noch.« Dabei blieb er und ließ die anderen ziehen.

Es traf ein, was der Schiefhals voraussah: Bis Dalerö konnten sie sich durchschlagen und weiter kamen sie nicht. Vor den vielen kleinen Inseln, die dort das Fahrwasser einengten, hatte sich das Eis gestaut und so den Pfropfen auf den Flaschenhals der Durchfahrt gesetzt. Darum liefen sie in die Bucht ein, die sich im Festland von Södertörn öffnet. Das Eis hatte die Bucht schon stark eingeengt; in ihrer Mitte fand sich aber noch ein Fleck eisfreies Wasser, wo sie vor Anker gehen konnten. Das Schiffsvolk verschwand gleich unter Deck, um die erstarrten Glieder aufzuwärmen, und ihre Hauptleute mussten sich zusammensetzen und beraten, wie es nun weitergehen sollte.

Vom Achterkastell schauten der Schiefhals und der Namenlose zum nahen Land hinüber. Nun, wo sie festlagen, blies ihnen der Ostwind noch eisiger in den Nacken und von Tauen und Segeln klirrten die Eisbrocken an Deck.

»Ein Wasserloch zum Ankern haben wir ja noch grad rechtzeitig gefunden. Aber morgen in der Früh wird das auch zugefroren sein«, sagte der Schiefhals und schlug sich die Arme um die Schultern.

»Dann sitzen wir fest für wer weiß wie lange«, knurrte der Freund. »Wonach schaust du aus?«

»Da drüben liegt ein Boot auf dem Strand vor den Bäumen und zwei Männer stehn dabei. Könnten Fischer sein«, antwortete der Schiefhals und fügte nachdenklich hinzu: »Wir liegen eklig nah an Stockholm, weißt du das? Der Landweg von da nach hier ist kaum zwei Tagmärsche weit. Hoffentlich denken die Herren auch daran!«

Über zweieinhalb Jahre war der Schiefhals nun schon an Bord. Aus einem Lehrling war ein Vitalienbruder geworden, aus dem armseligen Mundschenk und Kajütsjungen der ersten Wochen ein Mann, dessen Wort etwas galt. Klaus Störtebeker hatte so viel Vertrauen zu ihm und seiner Segelkunst, dass er ihn zumeist den »Seewolf« führen ließ. Nur wenn es ans Entern ging, übernahm er selber den Befehl. Der Namenlose war damit zufrieden; er nahm lieber das Ruderholz zwischen die Fäuste und überließ alles andere dem Schiefhals, denn der verstand besser mit einem Schiff umzugehen, als er es jemals lernen würde. Sein Herz gehörte dem festen Land und nicht der See. Das wusste er gut genug. Auch das wilde Schiffsvolk gehorchte Störtebekers jungem Maat. Ein guter Seefahrer galt viel bei ihnen;

von seiner Kunst hing Leben und Erfolg ab. Kam es zum Kampf, ließ der Namenlose den Schiefhals nicht von seiner Seite und bewahrte ihn vor Schaden. Selbst mit dem Zwerg Wigbold vertrug der Schiefhals sich, besonders seit der ihm im letzten Jahr die Schriftzeichen beibrachte. Dem Magister hatte es sichtlich Vergnügen bereitet, etwas von seinen Künsten an einen gelehrigen Schüler weiterzugeben. Nun konnte der Schiefhals in Wachstafeln ritzen, was er im Gedächtnis behalten wollte – wichtige Landmarken, gefährliche Fahrwasser, Tiefen, Engen und Unterwasserriffe, alles, was man wissen musste, um ein Schiff durch alle Fährnisse zu führen.

Sogar Beobachtungen über das Wetter hielt er fest – welcher Himmel Sturm ankündigte und welcher Sonnenuntergang gutes Wetter versprach. Dazu befragte er noch andere Schiffer und Maate nach ihren Erfahrungen. Magister Wigbold und er zeichneten eine recht brauchbare Karte von den Teilen der Baltischen See, die sie befahren hatten. Fünfmal nach Stockholm, nach Bornholm, Gotland, ganz nach Bergen hoch … Der Schiefhals hatte in den letzten Jahren mehr von der Welt gesehen, als er sich je träumen ließ. Oft griff er nach der feinen Silberkette mit dem gelben Stein, die er nicht von seinem Hals ließ, und dachte dabei an das Mädchen in Bergen.

In Störtebekers Kajüte hielten die Hauptleute ihren Schiffsrat ab.

»Wir sollten umkehren, solange noch Zeit dafür ist«, sagte Fark Wichmann seine Meinung. Sein blaurotes Gesicht schaute nicht so gemütlich in die Welt wie sonst.

Umkehren! Arend Styke und Rembold Sanewitz waren der gleichen Ansicht. Störtebeker sah nicht so schwarz und meinte: »Es bleibt sich gleich, ob wir nun hier bleiben oder Anker auf gehen. Hält der Frost an, kommen wir nicht weit und frieren an der nächsten Ecke ein. Ich glaub eher, dass die Kälte ebenso rasch geht, wie sie kam. Und wenn dann das Eis bricht, sind wir in zwei Tagen vor Stockholm. Dort wird man jubeln, dass wir doch noch kommen. Wir könnten mit ihnen zusammen Stockholm über Winter verteidigen. Ich hätte nicht übel Lust, mein Schwert an Margaretes Eisenmännern zu üben. Was denkst du, Kleiner?«

Der Zwerg schaute immer noch missmutig drein. »Ich denke, dass du darum gar nicht erst bis nach Stockholm fahren musst!«

»Soll das heißen, die Dänen könnten hierher kommen?«

»Das können sie leicht! Stockholm ist nicht weit und wenn sie erst Wind davon kriegen, dass dicht vor ihrer Nase ein paar Vitalierschiffe festliegen … Ich an ihrer Stelle wüsste, was ich dann täte!«

»Recht hast du, Wigbold!«, stimmte Arend Styke bei. »Wir sollten die Dänen nicht für dümmer halten, als sie sind«, gab Rembold Sanewitz dazu.

Ein eiskalter Windstoß fegte in die Kajüte. Der Namenlose und der Schiefhals kamen durch die Tür und ihr Atem stieg als weiße Dunstwolke unter die Decksbalken.

»Die Luft ist eisiger geworden. Die Nacht wird noch mehr Kälte bringen«, meldete der Schiefhals. »Jetzt schon zeigt sich viel Eisschlamm auf dem bisschen Freiwasser, das uns bleibt. Morgen sind wir eingefroren!«

Klaus Störtebeker sprang von der Bank. »Dann wird es Zeit, dass wir uns einrichten auf das, was kommen kann. Lasst uns alle Schiffe Bord an Bord verankern. So kann jedes dem anderen beistehen, wenn's nottut. Noch ist Zeit. Morgen kann es zu spät sein!«

Wenn's drauf ankommt, weiß er, was zu tun ist, dachte der Schiefhals anerkennend.

Die Hauptleute ließen sich auf ihre Schiffe übersetzen, purrten das Schiffsvolk hoch und verholten die Schiffe, bis sie in einer Linie nebeneinander lagen. Alle drehten ihr Achterkastell dem Land zu, weil der Ostwind sie in diese Richtung drückte.

Am nächsten Morgen zeigte sich, dass der Schiefhals mit seiner Ahnung recht behielt: Das Eis war bis an die Schiffe herangewachsen. Sie lagen fest!

»Ein Gutes hat die Sache ja: Wir müssen uns nicht mehr herumstreiten, ob wir Anker auf gehen sollen oder nicht«, spottete der Zwerg. Aber Ärger lag in seiner Stimme und er spähte immer wieder argwöhnisch zum nahen Festland hinüber.

»Wir wollen Kundschafter ausschicken und dazu Wachen an Land aufstellen«, bestimmte Störtebeker.

Wie immer, wenn es etwas Besonderes zu tun galt, übernahmen der Namenlose und der Schiefhals zusammen diese Aufgabe, denn der eine ließ den anderen nur ungern allein. Die Eisdecke um die Schiffe herum trug gut, war glatt und eben. Nur näher zum Land hin mussten sie über Eisschollen klettern, die der Wind zusammengeschoben hatte.

»Da liegt das Boot.« Der Schiefhals schaute zu den Bäumen hinüber. »Dann kann die Fischerhütte nicht weit sein und ich glaube, sie ist leer.«

Sie folgten einem Fußpfad in den Wald hinein. Nach gut zweihundert Schritten fanden sie die Hütte auf einer Lichtung. Aus runden Baumstämmen hatte man sie gefügt und die Ritzen mit Flechten und Moos verstopft. Das Dach war aus Binsenrohr geschichtet. Und sie war leer!

Der Schiefhals griff in die Herdasche. »Noch warm! Sie müssen die Helligkeit abgewartet haben, bevor sie loszogen, wollten sicher sein, dass wir festsitzen.«

»Und du glaubst, sie gingen nach Stockholm, den Dänen Nachricht zu bringen?«

»Ja, das halte ich sogar für gewiss. Sie lieben uns Vitalier nicht, diese armen Leute. Wir haben ihnen oft genug übel mitgespielt, sie und ihre Söhne erschlagen, wenn sie auf dänischen oder schwedischen Schiffen Dienst taten. Und die Vitalienbrüder sind der

Grund dafür, dass sich dieser elende Krieg um Stockholm so in die Länge zieht, sagen sie sich. Ohne uns wär die Stadt Stockholm längst gefallen. Aber sie lieben auch das dänische Kriegsvolk nicht, das ihr Land so aussaugt, dass kein Korn für die Saat und kein Vieh im Stall bleibt. Aber eine Nachricht über hilflos eingefrorene Vitalierschiffe kann einem armen Mann eine gute Belohnung einbringen. Ich jedenfalls würde nicht lange zögern und diese willkommene Botschaft an die Dänen verkaufen, wenn ich der Fischer wäre.«

»Magst wohl recht haben«, brummte der Namenlose und wunderte sich wieder einmal, wie schnell sein Freund eine Sache bedenken konnte.

Als sie an Bord des »Seewolfs« zurückkehrten, berichtete der Schiefhals, was sie sahen und was sie vermuteten: »Ein Mann aus dieser Gegend kennt den besten und kürzesten Weg nach Stockholm und er wird Tag und Nacht laufen, wenn es ihm so eilt, wie ich denke. Morgen früh könnte er beim dänischen Belagerungsheer ankommen und ein Heer von Gewappneten braucht die doppelte Zeit für denselben Weg. Das bedeutet: In dreieinhalb Tagen könnten die Dänen hier sein – wenn sie kommen!«

»Ich denke wie du, Schiefhals«, krähte der Zwerg. »Du gebrauchst deinen Verstand! Das muss ich loben. Jetzt werde ich wohl wieder einen Plan ausdenken müssen, wie wir unsere Haut am besten retten.«

Wie immer, wenn es um Pläne und Ränke ging, war Verlass auf Magister Wigbold. Am gleichen

Nachmittag musste der Namenlose unter seiner Anleitung mit der Eisenstange lange Linien rund um die Schiffe herum in das blanke Eis einritzen. Und sie waren noch nicht fertig damit, da hieb das meiste Schiffsvolk schon mit den Handbeilen auf das Eis ein, bis das blanke Wasser kam. Sie zogen Rinnen um ihre Schiffe herum, über zwanzig Fuß breit. Der Zwerg achtete darauf, dass sie genau den Linien folgten, denn er beabsichtigte einen Irrgarten anzulegen, in den er die Dänen hineinlocken wollte. So wurde daraus kein einfacher runder Grabenring um die Schiffe herum wie bei einer Wasserburg, eher ein vierkanter Kasten, bei dem auf der Seite zum Land hin die Rinnen unterbrochen waren und sich gegeneinander verschoben. Dazwischen ließ man schmale Eisbrücken stehen, die nur wenige Männer tragen konnten, und an manchen Stellen zeigten noch Eisrinnen wie lange Stacheln in alle Richtungen. Der Rest des Schiffsvolks musste Äste im nahen Uferwald schlagen, aus denen sie um die Schiffe herum einen Ringwall schichteten und ihn mit Wasser begossen, dass er beinhart fror. Erst am nächsten Abend waren sie mit ihrer Arbeit fertig. Fast hundert Mann hatten zu tun, mit Stangen immer wieder das junge Eis zu zerschlagen, um die Rinnen offen zu halten.

»An dir ist ein gewiegter Feldherr verloren gegangen, Magister«, meinte Fark Wichmann und schüttelte vor Bewunderung den Kopf. »Wär ja nicht auszudenken, wenn wir dich gegen uns hätten!«

Der Zwerg reckte sich. »Jetzt fehlt uns nur noch ein wenig Schnee, dann mögen Margaretes Eisenpuppen kommen. Die Falle ist gerichtet. Wir brauchen sie nur noch hineinzulocken«, sagte er händereibend.

»Eine feine Dänenfalle hast du da aufgebaut«, lobte Klaus Störtebeker, »und hoffentlich nicht umsonst. Wär schad um die Arbeit, wenn sie nicht kämen.«

Auch der Schiefhals und der Namenlose mussten zugeben, dass diese hinterhältige List vortrefflich ihren Zweck erfüllen konnte. »Der Magister hat weiß Gott das tückischste Hirn, das ich kenne, wenn's darum geht, Unheil zu stiften«, flüsterte der Schiefhals seinem namenlosen Freund zu. »Aber für uns Räubervolk ist er unentbehrlich, das will ich gern zugeben.«

»Ein Schuft ist er!«, knurrte der Namenlose.

Am Morgen des vierten Tages zerstießen sie noch einmal das junge Eis, bis alle Rinnen Wasser zeigten, das aber bald wieder zu dünnem Eis gefror. So sollte es sein! Und als ob der Teufel mit ihnen im Bund wäre, kam zur rechten Zeit auch noch der Schnee zu Hilfe und verbarg die Dänenfalle unter einem glatten, weißen Laken. Sie machten die Eisbrücken kenntlich, damit die eigenen Leute nicht versanken.

Und die Dänen kamen wirklich! Als die Sonne gegen Mittag stand, rannten die Landwachen über die Eisbrücken zu den Schiffen zurück.

»Sie kommen!«

Zuerst kamen nur wenige zwischen den Bäumen hervor. Die Spitze des Heeres, so schien es. Sie sammelten sich am Ufer, reckten ihre Waffen drohend gegen die Vitalierschiffe. Bald spuckte der Uferwald immer mehr Krieger aus; mehrere Hundert waren es, die sich auf dem Randeis und am Ufer zusammendrängten. Der Schneefall hatte aufgehört. Die Sicht war klar. Ein Menschengewimmel da drüben! Ein Blitzen und Blinken, dazu Gebrüll und Geschrei! Laute Befehle versuchten Ordnung in den Wirrwarr zu bringen.

Dagegen ging es bei den Vitalienbrüdern ruhig zu. Die Hauptleute hatten alle Mannschaft nach dem Plan des Magisters aufgestellt. Die meisten Gesellen standen hinter dem Ringwall aus Zweigen und Eis. Jeweils ein Dutzend musste vor den Eisbrücken auf den Feind warten. Das waren die Lockvögel; sie sollten fliehen, sobald die Dänen nahe genug herangekommen waren, ihre Kampfgier so aufstacheln, dass sie noch unbedenklicher in ihr Verderben rannten. Vor den Eisbrücken hatten sich die Hauptleute mit den wildesten Kämpfern aufgestellt, um die Fliehenden aufzunehmen und mit ihnen zusammen die schmalen Zugänge zu verteidigen, falls ein paar Dänen doch den Weg fanden. Auf allen Achterkastellen standen die Schützen mit Bogen und Armbrust bereit, ihre Pfeile über die Köpfe der eigenen Mannschaft hinweg in die Angreifer zu schleudern. Der teuflische Zwerg hatte an alles gedacht!

In fünf Haufen rückte das Dänenheer an, mit Spießen und Hellebarden, schwangen Handbeile, Morgensterne und Schwerter. Ihr Kampfgeschrei wurde lauter, je näher sie rückten.

Klaus Störtebeker stand ruhig da, die Hände auf den Schwertknauf gestützt. »Das müssen weit über tausend Mann sein, gut doppelt so viel wie wir. Und wir wären noch weniger, hätten wir nicht die Mecklenburger Knechte an Bord.«

Magister Wigbold trippelte aufgeregt um ihn herum. »Je mehr Streithaufen, desto besser für uns«, sagte er, »dann wird jeder seinen Abgrund finden und die hinteren Reihen werden die vorderen ins Verderben drängen. Gib ihnen noch hundert Schritte. Dann musst du das Zeichen für die Lockvögel geben.«

»Mach, dass du an Deck des ›Seewolfs‹ kommst, Kleiner. Du hast deinen Teil getan und ich will, dass mir dein Kopf noch länger erhalten bleibt.« Der Zwerg tat, wie ihm geraten wurde. Für den Kampf war er nicht geschaffen, das wusste er selber am besten.

Klaus Störtebeker stieß das Schwert in die Luft. Das war das Zeichen! Die Lockvögel taten, als wollten sie vor der Übermacht des Feindes fliehen, brachten sich über die schmalen Eisbrücken in Sicherheit. Und wie der Zwerg vorausgesehen hatte, gerieten die Angreifer dadurch in schnellere Bewegung; sie stürmten voran, so rasch, wie es das Eis erlaubte, gradewegs in ihr Verderben hinein. Die ersten Reihen stürzten in die Rinnen, brachen durch das dünne Jungeis, wurden von Rüstung und Waffen in die Tiefe gezogen, verschwanden so schnell in den schaurigen Fallen, als wären sie nie gewesen. Die nächsten Reihen wurden von ihren Nachfolgern in den Abgrund gedrängt. Und ehe das Dänenheer die tückischen Fallen erkannte, hatten die Wasserrinnen ein Viertel ihrer stolzen Streitmacht und dazu all ihre Hauptleute verschlungen. Der blanke Schrecken riss die führerlosen Haufen auseinander. Sie versuchten nach den Seiten auszuweichen und gerieten nun in die Stachelrinnen hinein, die sie wiederum eine Menge Leute kosteten. Da gaben sie auf, retteten sich auf ihren eigenen Spuren an Land zurück. Was über die Brücken gelangte, wurde von den Vitaliern erschlagen. Es waren nur wenige, sodass sie keine Mühe mit ihnen hatten und davonkamen ohne einen eigenen Mann zu verlieren.

Die Dänen wagten keinen zweiten Angriff. Der Schrecken saß ihnen so in den Knochen, dass sie sich davonmachten.

Zwei Tage danach drehte der Wind auf Südwest zurück, blies warm und weich und brachte das ersehnte Tauwetter mit sich. Aber eine volle Woche brauchte die Flotte der Vitalier noch, um sich durch das Treibeis nach Stockholm durchzukämpfen. Dort erfuhren sie dann, dass die Mecklenburger Kriegsknechte zur selben Zeit, als sie ihre Angreifer ins Verderben schickten, auch alle dänischen Angriffe auf dem Eis zurückschlugen.

Der alte Jakob Pleskow wischte sich den Schweiß ab. Es ist doch immer dasselbe, dachte er, jeder weiß, dass wir im gleichen Boot sitzen, und wenn es um Geld geht, versuchen sich alle um ihre Verpflichtungen herumzudrücken. Ich muss unbedingt noch heut Abend mit Gregor Swerting unter vier Augen reden … Aber Jakob Pleskow, Lübecks Altbürgermeister, hütete sich seine Meinung laut werden zu lassen.

Bertram Bolander, der die Hansestadt Hamburg vertrat, beugte sich zu seinem Nachbarn aus Bremen hinüber und sagte leise: »Der alte Fuchs Pleskow muss weit über siebzig sein. Er war schon Anno 1356 auf dem ersten Hansetag dabei und seit 63 führt er den Vorsitz für Lübeck auf allen Hansetagen.«

»Und der Alte hat weiß Gott noch all seine Sinne beisammen! Er versteht so gut wie vor zehn Jahren uns seinen Willen schmackhaft zu machen«, flüsterte der Bremer zurück.

Man schrieb den 3. März 1394.

Das Wetter war genauso durcheinander geraten wie der Handel auf der Baltischen See. Wie sonst konnte es angehen, dass eine Hitze über der Stadt Lübeck lag, die eigentlich in den Juli hineingehörte. Der Gestank stand wie zähflüssiges Brackwasser in den engen Gassen. Den ehrenwerten Herren im großen Ratssaal aber stand der Schweiß auf den Stirnen und das hatte nicht nur mit der Hitze zu tun. Es lag wohl mehr daran, dass sie sich über wichtige Entschlüsse nicht einig werden konnten, denn es ging um Geld – um eine Menge Geld.

Zwei Hauptsorgen schnürten dem mächtigen Hansebund langsam die Luft ab: dieser unpassende Krieg zwischen Dänemark und dem Land Mecklenburg und die noch viel unpassendere Seeräuberplage, die dem gemeinen Kaufmann so viel zu schaffen machte. Dadurch war auch der Strom der Waren in das innere Reich magerer geworden. Kein Wunder, dass Städte wie Köln, Dortmund, Paderborn, Soest, Braunschweig und Lüneburg mit in den Jammer einstimmten. Wenn der Handel krankte, wurde bald der Geldbeutel krank. Und diese Art Krankheit schätzten die ehrenwerten Handelsherren am wenigsten.

Dieser Hansetag war besser besucht als gewöhnlich. Aber wie immer waren nicht alle Städte vertreten; die Anreise war zu lang und die Reisekosten zu hoch. Darum taten sich meistens mehrere Städte zusammen und schickten einen Abgesandten. Die ganz Dickfelligen fanden es am billigsten, die eine Goldmark Buße zu zahlen und die Bezahlung dieser Schuld dann einfach auf den Nimmermehrstag zu verschieben.

Vierzehn Städte waren am großen Tisch vertreten. Die Abgesandten der Pruzzenstädte hielten sich beieinander wie die Hühner auf der Stange und der Abgesandte des Hochmeisters, ihres Fürsten und Landesherrn, wachte über sie wie der Hahn. Morgen kam noch mehr hoher Besuch: Herzog Johann II. von Mecklenburg wollte in seiner Sache verhandeln …

»Lasst uns erst mal eines zu Ende bringen, bevor wir uns über das Nächste aufregen«, nahm Jakob Pleskow wieder das Wort, und weil es nicht still werden wollte am großen Tisch, klopfte er ein paar Mal mit dem hölzernen Hammer darauf, bevor er weiterredete: »Wir sind uns alle darüber einig, dass wir eine Flotte von Fredekoggen ausrüsten müssen, um den Kampf gegen diese Räuberbrut mit Nachdruck aufzunehmen. Um es noch mal zu sagen, Ihr Herren: Das kostet Geld! Lübeck und Stralsund sind willens, davon einen großen Batzen aufzubringen. Aber allein können sie die Lasten nicht tragen. Der ganze Hansebund muss sich nach Kräften und Vermögen an der gemeinsamen Sache beteiligen. Und – wir müssen endlich zu einem Beschluss kommen, Ihr Herren!«

Am Spätnachmittag des gleichen Tages saßen sich zwei Männer an einem kleinen, runden Tisch gegenüber, deren Stimme Gewicht hatte auf den Hansetagen. Und nicht nur da! Auch in ihren Heimatstädten hörte man auf ihr Wort. Obwohl Jakob Pleskow schon schwer an der Last seiner Jahre trug, hatte er noch einen so scharfen Verstand, dass die Stadt Lübeck nicht auf die Dienste ihres Altbürgermeisters verzichten wollte. Sein Gegenüber, Stralsunds Bürgermeister, war knapp zehn Jahre jünger. Viel Haare hatten die Jahre Gregor Swerting nicht gelassen. Sein feistes Gesicht täuschte eine Gutmütigkeit vor, auf die manch einer hereingefallen war, um es dann bitter zu bereuen. Gregor Swerting war ein vortrefflicher Redner und seine Kunst hatte schon mehr als einmal die Herde der Abgesandten auf den Hansetagen in die richtige Richtung geschoben. Bei den Lübeckern fand er schon deshalb aufmerksame Ohren, weil er der Bruder des verstorbenen Simon Swerting war, der Anno 1370 die lübische Flotte siegreich gegen Waldemar Atterdag, Margarete von Dänemarks Vater, geführt hatte.

Eine stattliche Frau in mittleren Jahren betrat die gemütliche Stube, stellte einen Krug Wein und zwei fein gearbeitete Silberbecher auf den Tisch.

»Ich bin in der Nähe, wenn die Herren noch etwas brauchen sollten«, sagte sie freundlich.

»Dank dir schön, Mathilda. Ich schenk selber ein«, antwortete Jakob Pleskow artig. »Eh ich's vergesse: Ich bin für niemanden mehr zu sprechen!« Und während er einschenkte, sagte er zu seinem Gegenüber: »Sie führt mir den Haushalt, seitdem meine Frau unter der Erde liegt. Wüsste gar nicht, was ich ohne Mathilda anfangen sollte.« Jakob Pleskow hob den Becher.

»Auf Euer Wohl, Gregor! Und auf das von Stralsund!«

»Auf Euer und Lübecks Wohl!«, gab Swerting Bescheid, nahm noch einen zweiten Schluck und ließ ihn genießerisch über die Zunge rinnen. »Ich muss schon sagen, Jakob, einen prächtigen Malvasier habt Ihr da eingeschenkt«, lobte er.

»Der lagert wohl schon an die zwölf Jahre in meinem Keller, ich ließ ihn mir einst über Bourgneuf mitkommen. Damals gab es auch Seeräuber, aber so arg wie jetzt war die Plage noch nicht. Wär auch zu ärgerlich gewesen, wenn das Räubervolk meinen besten Wein ausgesoffen hätte … übrigens, Gregor, für Euch hab ich noch ein Fässchen, wenn er Euch so gut mundet.«

»Das nehme ich gern an und denke, ich kann's Euch mal wieder vergelten.« Gregor Swerting stellte den Becher hin. »Das tat gut! Verdammt noch mal! Mir dröhnt der Kopf von der heutigen Verhandlung und dem elenden Gezerre um das Geld. Vierzehn Städte und fast ebenso viele Meinungen – und da soll es zu einer Einigung kommen?«

»Mir geht's nicht anders«, sagte der Weißhaarige missmutig. »Dabei leidet der ganze Bund an derselben Krankheit: Der Handel liegt darnieder und den guten Schonenhering müssen wir vorläufig abschreiben. Es sieht trübe aus für die Zukunft des Kaufmanns, wenn sich nicht bald etwas ändert.« Jakob Pleskow beugte sich über den Tisch. »Ich bin froh, dass Ihr die Einladung in mein Haus zu kommen annahmt, Gregor. Hier sind wir zwei allein und wir sollten in Ruhe überlegen, wie wir aus diesem Jammer herausfinden können. Lübeck und Stralsund tragen, unter uns gesagt, die Hauptlast. Wenn wir zwei uns einig sind, vermögen wir gemeinsam manches auf den richtigen Weg zu bringen. Morgen sind unsere beiden schwarzen Schafe Rostock und Wismar dabei und Herzog Johann, ihr Herr, auch. Meint Ihr, dass wir über die Fredekoggen noch zu einer Einigung kommen? Heute sah es nicht danach aus.«

Gregor Swerting genehmigte sich noch einen tüchtigen Schluck, bevor er antwortete.

»Am besten ist, Jakob, wir lügen uns nicht in die eigene Tasche. Wir sollten als gute Kaufleute zusammenzählen, was wir brauchen und haben oder nicht haben. Das wenigste, was wir brauchen, sind fünfunddreißig Fredekoggen mit voller Mannschaft. Und nicht das Schlechteste darf es sein, wenn's einigermaßen nützen soll. Mit dem erhöhten Pfundzoll wär das wohl zu schaffen, wenn alle Städte oder die meisten mitmachten. Und wir haben ja heut erfahren, wie es mit der Bereitwilligkeit steht: Hamburg sagt nein, weil es mit den Nordseeräubern genug zu schaffen hat. Stade, Buxtehude und Bremen haben die gleichen Sorgen. Da ist also nichts zu holen für die gemeinsame Sache und das kann ich sogar verstehn. Die Binnenstädte wollen beitragen, was sie vermögen. So sagen sie wenigstens. Aber ihre Abgesandten haben keine

Vollmachten mit. Bevor sie zurück sind, sich mit ihrem Rat beredet und das Geld beisammen haben, kann mehr als ein Jahr vergehen. Rostock und Wismar müssen wir abschreiben, die bleiben ihrem Johann treu und machen inzwischen die guten Geschäfte mit den Vitaliern, unseren schlimmsten Feinden, und wir gucken uns das auch noch geduldig mit an. Ja, und die Pruzzenstädte haben uns wieder mal zu verstehen gegeben, dass wir für uns selber sorgen müssten, sie möchten lieber ihre eigene Suppe kochen. Überdies halten sie es mehr mit Mecklenburg als mit Dänemark, ohne sich ganz festzulegen. Was bleibt dann noch, Jakob? Kampen! Ja, das gute alte Kampen hat uns volle Unterstützung zugesagt und wird zu seinem Wort stehen. Die livländischen Städte, durch Riga vertreten, zeigten sich recht zugänglich – die werden wir noch herumkriegen. Stargard, Stettin und Stolp werden auch wohl mitmachen, wenn sie noch ein paar Rippenstöße bekommen. Und das wäre schon alles …« Gregor Swerting hob bedauernd die Schultern.

»Dann wird das meiste wohl wieder an Stralsund und Lübeck hängen bleiben«, seufzte Jakob Pleskow. »Wenn Ihr meine Meinung wissen wollt: Fredekoggen sind in diesen wilden Zeiten nur ein Notbehelf. Es gibt nur ein Mittel, die Baltische See wirklich zu befrieden, und das ist …«

»Und das ist der Frieden selber!«, brachte Gregor Swerting den Satz zu Ende. »Wolltet Ihr das nicht sagen, Jakob?«

»Bei Gott, das wollte ich! Und wie froh bin ich, dass Ihr es ausspracht, Gregor, sind wir doch in einer wichtigen Sache wieder mal einer Meinung: Nur der Frieden kann den Baltic an den Kaufmann zurückgeben! Aber wie kriegen wir unsere beiden Streithammel an den Verhandlungstisch? Da liegt der Hund begraben!«

Gregor Swerting lehnte sich behaglich zurück und sein Gesicht strahlte Wohlwollen aus, ein sicheres Zeichen dafür, dass er eine Möglichkeit sah, wie man die Dinge zum Besten des Hansebundes wenden konnte.

»Ja, ein Frieden zwischen Dänemark und Mecklenburg kann uns unsere Plage vom Hals schaffen, wenn wir dazu noch eine starke Fredeflotte bereithalten. Und wenn unsere beiden Städte auch zuerst die Hauptlast tragen müssen; wir werden uns das Geld schon wieder zurückholen, sobald wir erst aus dem Gröbsten heraus sind. Der Frieden nimmt den Vitaliern das fadenscheinige Recht der Kaperbriefe, den Schutz des Landesfürsten und die Hilfe der Häfen. Sie werden plötzlich von allen gejagt und dann können wir sie schinden, so wie sie uns jetzt noch schinden. Und Rostock und Wismar müssen auf unsere Seite zurückschwenken; wir können ihnen Schadenersatz abverlangen, schließlich haben sie gut genug an unserem Unglück verdient.«

Gregor Swerting befeuchtete sich noch mal die Zunge mit dem guten Malvasier, bevor er fortfuhr:

»Und die Vorzeichen für einen Frieden sind günstig, meine ich. Fangen wir mal mit dem Mecklenburger an: Schon dass Herzog Johann sich mitsamt seinem Rat selber nach Lübeck bemüht, zeigt mir, dass er verhandeln möchte. Und er muss verhandeln, sag ich! Noch ist Stockholm in seiner Hand. Aber wie lange noch?, wird er sich fragen. Stockholm ist sein einziges Faustpfand, um seinem lieben Vetter Albrecht die Freiheit zu verschaffen. Lange kann der gute Johann diesen Krieg nicht mehr durchhalten, das weiß er selber. Seine Kassen sind leerer als leer und die Vitalierbande, die er sich zusammengeholt hat, wächst ihm jetzt selber über den Kopf. Er wird ihrer nicht mehr Herr, könnte gut angehn, dass sie sich auch an Mecklenburger Gut vergreift, wenn grad keiner hinschaut. Der Mecklenburger ist am Ende, Jakob. So viel ist gewiss!«

»Das klingt einleuchtend«, brummte Jakob Pleskow, »und wenn man's recht bedenkt, muss auch die Dänenkönigin die Lust am Krieg verlieren. Das Bargeld aus dem Schonenhandel wird ihr arg fehlen und Stockholm hat sie trotz aller Anstrengungen noch nicht erobern können.«

»Sagen wir's doch mal ganz einfach, Jakob: Beide sind kriegsmüde, aber keiner will zuerst klein beigeben. Die eine hat Albrecht in der Hand, der andere Stockholm. Margarete will Stockholm und Johann will Albrecht! Das Ganze ist ein Geschäft, das man aushandeln könnte. Und wer wohl ist in Geschäften aller Art gewiegter als der Hansebund?«

Jakob Pleskows Augen leuchteten und sein Gesicht hellte sich auf. »Wahrhaftig, das wär ein Weg, um aus unseren Schwierigkeiten herauszukommen! Der Hansebund bietet sich als Vermittler an und bringt das Tauschgeschäft in Gang.«

»So ungefähr hab ich mir das gedacht«, sagte Gregor Swerting lächelnd. »Aber ganz so einfach ist die Sache nun auch wieder nicht. Wir werden noch ein bisschen mehr tun müssen. Passt auf, Jakob, was haltet Ihr davon: Margarete von Dänemark wird ihre Gefangenen nicht freilassen ohne eine Bürgschaft für das, was wir allerdings noch aushandeln müssen. Andererseits wird Johann von Mecklenburg ihr Stockholm nicht gerade freudig in die Schürze legen. So kommen wir nicht weiter, Jakob. Wir, der Hansebund, müssen uns als Bürgen anbieten. Nicht an die Dänenkönigin – an uns müsste Johann von Mecklenburg Stockholm zu treuen Händen übergeben. Das sollten wir erreichen! Dann können Albrecht und sein Sohn freigelassen werden und wir verwalten die Stadt, sagen wir mal für drei Jahre, bis die Vertragsbedingungen so oder so erfüllt sind.«

»Ja, so könnte es wohl gehen.« Jakob Pleskow nickte. »Aber es wird einen harten Streit um die Vertragsbedingungen geben. Und ich meine, Margarete von Dänemark sitzt auf dem besseren Stuhl in der Sache. Was schätzt Ihr, könnte sie fordern? Ein Lösegeld?«

»Ja. Und ein sehr hohes sogar!«

»Das Albrecht niemals zusammenbringen wird«, brummte Pleskow.

»Soll unsere Sorge nicht sein, Jakob. Und das wird noch nicht alles sein: Dieses zähe Frauenzimmer wird auch noch verlangen, dass er auf seine Schwedenkrone verzichtet. Zumindest wird sie es versuchen.«

»Darauf kann Albrecht nicht eingehen, Gregor.«

»Auch das geht uns nichts an! Albrecht von Schweden sitzt im Burgverlies und Gefangene werden gewöhnlich nicht nach ihrer Meinung gefragt. Wichtig für uns ist nur, dass er bald freikommt, damit endlich Frieden werden kann. Ist er dann frei, muss dieser König ohne Land eben selber zusehn, wie er wieder zu seiner Krone kommt. Da sollte sich der Bund besser nicht einmischen, das sind undankbare Geschäfte. Die Mecklenburger haben erfahren, wie schnell man selber in Schwierigkeiten kommt, wenn man sich für die liebe Verwandtschaft schlägt. Morgen wird er zu Kreuze kriechen müssen, der Mecklenburger, sag ich Euch voraus.«

Jakob Pleskow schaute sein Gegenüber scharf an wie ein Fuchs den anderen Fuchs.

»Warum seid Ihr so sicher in Euren Voraussagen über Margaretes Absichten, Gregor Swerting? Wenn ich darüber nachdenke, klang es just so, als hättet Ihr schon mit der Dänenkönigin an einem Tisch gesessen!«

»Ihr habt es also doch herausgespürt!« Der Stralsunder schlug sich lachend auf die Schenkel. »Es hätte mich auch gewundert, wenn's anders gewesen wär. Ein alter Hansefuchs wie Ihr hört auch das Ungesagte heraus. Gut, Jakob, Ihr sollt es als Einziger vorher wissen: Ich fuhr gleich bei Auflassung der Schifffahrt nach Vordingborg und von da weiter über Land nach Hälsingör. Die Königin hielt sich in der Kronborg auf. Ich konnte mit ihr und ihrem engsten Rat reden und erfuhr, was Dänemark von einem Friedensschluss denkt.«

»Und was denkt man?«

»Man ist friedenswillig – zu gewissen Bedingungen natürlich. Ich komme nicht mit leeren Händen, Jakob. Nun will ich die letzte Katze aus dem Sack lassen: Königin Margarete bietet schon Verhandlungen für Mitte Juli an!«

»Und wo?«

»In Hälsingborg auf der Schwedenseite!«

Jakob Pleskow pustete die Luft aus wie einer, der endlich eine schwere Last abwerfen konnte. »Ihr Stralsunder, sagte er, »habt es schon immer gut mit den Dänen gekonnt. Besonders gut. Das weiß man von den Wulflams her.«

»Stimmt!«, gab Gregor Swerting unumwunden zu. »Der Handel mit dem Reich Dänemark ist nun mal ein Eckpfosten des Stralsunder Hauses und wir wären schön dumm, wenn wir ihn ansägen würden. Aber ich denke, Jakob, später wird man Stralsund loben, weil es der gemeinsamen Sache mit seinen guten Beziehungen von Nutzen sein konnte.«

»Die Pruzzenstädte werden uns noch Schwierigkeiten machen. Ich weiß, sie sind sehr dagegen, dass die dänische Königin alle drei nordischen Reiche unter einer Krone vereinigt. Ich sprach mal mit Hinrich Damerow, dem Elbinger Bürgermeister, darüber. Aber sie wird wohl ihre Schwedenkrone bekommen, wie es aussieht! Und für einen Frieden ist das wohl nicht zu teuer«, sagte Jakob Pleskow kopfnickend.

Gregor Swerting legte seine fette Hand auf die blau geäderte des anderen. »Alles hat seinen Preis, Jakob. Oder seht Ihr irgendeinen anderen Weg?«

»Nein. Keinen. Nur müssen wir es morgen der ganzen Versammlung schmackhaft machen und das ist Eure Aufgabe, Gregor!«

»Ich werde tun, was ich kann. Auf den Frieden, Jakob!« Der Stralsunder hob als Erster den Becher.

»Auf den Frieden, Gregor! Und darauf, dass er uns die Baltische See zurückgibt!«, gab der Lübecker Bescheid.

Ein leichter Sommerwind trieb die Schnigge auf die hohe Klippe zu. Eben südlich von Wisby stieg sie steil und weithin sichtbar wie eine graue Wand aus dem Meer und diente allen Schiffen als Ansteuerungszeichen. Arend Styke kam aus Stockholm zurück, brachte noch den Mecklenburger Hauptmann Otto Peccatel mit, denn es gab wichtige Neuigkeiten.

Der größte Teil der Vitalierflotte lag im Hafen von Wisby, reckte die kahlen Masten faul in den blauen Himmel hinein und weit höher als ihre Masten ragten die Türme von Wisbys riesiger Ringmauer auf. Achtunddreißig Türme waren es. Viele zeigten im grellen Sonnenschein ihre Risse und Löcher her und die schwarzen Zeichen des Feuers, zum Beweis, dass sie vor nicht langer Zeit einem Angriff standhalten mussten. Die meisten Kirchendächer waren zerstört, dazu viele Bürgerhäuser, und Totengerippen glichen ihre verkohlten Sparren. In den Gassen johlten die trunkenen Stimmen der Vitalienbrüder, Wisbys neue Herren. Weder der Bürger noch sein Hab und Gut waren vor ihrem Zugriff sicher. Wisby war nicht mehr die stolze und reiche Königin des Nordens wie einstmals, als die Kaufleute des Hansebunds dort herrschten und ihr Handel Wohlstand in die Stadt brachte. Viele von ihnen lagen jetzt tot unter der Erde, wurden hingemordet und die wenigen, denen die Flucht gelang, retteten meistens nur das nackte Leben und mussten darüber noch froh sein. Frauen und Kinder, reich und arm, erschlugen die Seeräuber ohne Unterschied, als sie im Frühjahr 1394 die Stadt der Türme überfielen. An Geld und Gut, an Gold und Silber fanden sie viel weniger, als sie sich erhofft hatten. Wisby war arm geworden in den letzten Jahren.

Gut zwanzig Jahre davor überfiel Waldemar Atterdag Wisby und die gotländische Insel, plünderte und raubte nach guter alter Sitte, mordete Kaufleute, Bürger und Bauern und ließ die Überlebenden auf seine Krone schwören. So wurde Gotland dänisch. Neunzehn Jahre später – man hatte sich gerade wieder erholt – fiel der Mecklenburger Herzog Johann der Ältere über die geplagte Stadt her und presste aus ihr heraus, was sich inzwischen an Geld und Gut angesammelt hatte. Zum Glück blieb er nicht lange, denn er musste sich um Stockholm kümmern und der belagerten Schwedenstadt Entsatz bringen.

Jetzt, nur vier Jahre danach, suchte die Vitalierplage Wisby heim, steckte die Reste des einstigen Wohlstands in ihre ewig hungrigen Taschen. Die meisten Bürgerhäuser standen nun leer. Ihre ehemaligen Bewohner waren vor den Untaten der Räuber auf das Land oder in die Wälder geflohen, und was sie an Geld und Kostbarkeiten retten konnten, verbargen sie an geheimen Plätzen. Ringsum im Land hielt sich noch dänisches Kriegsvolk, um ein Vordringen der Vitalier zu verhindern. Aber die Räuber dachten gar nicht daran, sich die Seebeine bei Landabenteuern wund zu laufen. Sie rührten sich nicht aus Wisby heraus und gaben sich lieber dem faulen Wohlleben hin.

Klaus Störtebeker schaute missmutig auf das Wasser des Baltic hinaus.

»Hölle und Verdammnis!«, fluchte er grimmig. »Wir sind wie Fische an Land – faule Fische, die stinken werden, bekommen sie nicht bald wieder Seewasser zu schmecken. Und die Gesellen geraten außer Rand und Band, sobald sie die Füße an Land setzen. Nur an Bord und auf See kann man sie in Zucht halten. Aber der Seeraub ist weniger geworden, grad so, als wären alle Schiffe vom Wasser gefegt worden in dieser Ecke der Baltischen See. Wenn wir noch lange so faul hier herumliegen, sind wir allesamt für unser Handwerk verdorben, Kleiner.«

»Ich denk grad so«, antwortete Zwerg Wigbold. »Wir sollten uns bald etwas Neues einfallen lassen. Vorher müssen wir aber einen Teil der Schiffskasse in ein sicheres Versteck bringen, so haben wir wenigstens einen Notpfennig, wenn uns mal das Glück verlässt.«

»Da kommt eine Schnigge ein!«, unterbrach Störtebeker ihn. »Wer mag das sein?«

Die Schnigge drehte die Nase in den Wind; man geite das Segel auf und ließ den Anker nah bei dem »Seewolf« ausrauschen.

»Es gibt Neuigkeiten!«, rief Arend Styke zu ihnen hinüber. »Wir müssen die Hauptleute zusammenrufen, damit alle erfahren, was sich tut.«

Sie trafen sich wie so oft in Störtebekers Achterkajüte. Der trinkfreudige Riese war dafür bekannt, dass Wein und Bier bei ihm an Bord nie ausgingen, und wenn er noch so freigebig davon ausschenkte.

»Euer Wohl, Ihr Herren! Nehmt zuerst einen guten Schluck, bevor Ihr Eure Neuigkeiten ausspuckt. Dass es wohl nicht die besten sind, seh ich Euren Gesichtern an«, sagte der Gastgeber und hob den Becher zum Willkommen.

Arend Styke tat einen durstigen Zug und stellte seinen Becher hart auf den Tisch. »Erraten, Störtebeker! Was wir an Nachricht mitbringen, mag für alle anderen gut sein, nur nicht für uns Vitalienbrüder. Um es gleich zu sagen: Mecklenburg und das Reich Dänemark wollen Frieden schließen und der Hansebund hat die Verhandlungen schon in Gang gebracht! Aber soll Otto Peccatel berichten; der weiß besser Bescheid als ich!«

Lärm brandete um den Tisch. Frieden! Frieden zwischen Dänemark und Mecklenburg! Das klang nicht gut in Seeräuberohren!

»Dann haben wir unsere besten Zeiten gehabt! Und unsere guten Häfen Rostock und Wismar werden wir los. Nur gut, dass wir uns rechtzeitig hier in Wisby einnisteten!«, rief Klaus Scheld, der sich in den letzten Jahren einen Namen als Vitalier gemacht hatte.

Nun nahm Otto Peccatel das Wort. »In einem Satz gesagt: Wenn es zum Frieden kommt, braucht man uns nicht mehr!«

»Das glaub ich aufs Wort«, knurrte Fark Wichmann. »Sie lassen uns fallen wie glühendes Eisen, wenn sie uns nicht mehr brauchen. Das haben gekrönte Häupter und hohe Herrn so an sich. Ihre Treue währt nur, solange sie selber in Not sind.«

»Hoho!«, brüllte Störtebeker los. »So kann man mit uns nicht mehr umspringen! Sind wir Vitalienbrüder nicht inzwischen zu einer Macht geworden, mit der selbst Könige und Fürsten rechnen müssen? An uns und unseren Schwertern wird es liegen, wie sich die Dinge wenden! Wenn wir nur einig wären, könnten wir eine starke Flotte zusammenbringen und sogar ein eigenes Reich gründen!«

»Mit Klaus Störtebeker als König! Das möchtest du wohl, mein Junge! Lass deine Wünsche lieber nicht zu den Sternen springen. Könntest tief fallen, Klaus!«, ließ Gödeke Michels wissen, was er davon hielt.

»Uns Seeräubern bekommt die Landluft nicht. Das merken wir hier in Wisby. Faul und dick werden wir vom Wohlleben; die Knochen werden lahm und ungeübt und dann fällt uns das Schwert aus der Hand.« Fark Wichmann klopfte sich lachend auf den Leib. »Schaut her, ich bin ein gutes Beispiel dafür.«

»Kann man denn diesem Friedensgerede überhaupt Glauben schenken, Peccatel? Ist es nicht bloß Gerede?«, wollte Zwerg Wigbold wissen.

»Nein, es ist kein Gerede. In Hälsingborg haben sie schon verhandelt, die Dänen, die Mecklenburger und die Hansen. Und wenn diese Hansekrämer die Sache in die Hand nehmen, werden sie über kurz oder lang ihren Willen durchsetzen, sag ich Euch. Die Nachricht ist brandfrisch, ich erfuhr sie von einem, der dabei war. Mitte Juli traf man sich in Hälsingborg und wurde sich da fast einig. König Albrecht und sein Sohn Erik kommen frei, heißt es, und der Hansebund übernimmt Stockholm als Pfand für drei Jahre. Sie wollen bürgen, dass Albrecht die Verträge einhält, und wenn nicht, soll die Stadt nach Ablauf der Zeit an Margarete von Dänemark übergeben werden. Auf Stockholm muss Albrecht verzichten oder auf die Schwedenkrone oder sechzigtausend lübische Mark als Lösegeld zahlen. Zwischen diesen drei Möglichkeiten kann er wählen. Aber auf die ersten beiden Bedingungen lässt er sich gewiss nicht ein und die Sechzigtausend wird er nicht zusammenkratzen können. Es sieht ganz danach aus, als hätte die dänische Margarete die besseren Aussichten auf Schwedens Königskrone. Das haben sie sich fein ausgedacht!«

»Kamen diese Verträge denn wirklich zum Abschluss?«, fragte Magister Wigbold misstrauisch.

»Nein, man unterschrieb sie nicht. Zwar war man sich schon einig, brach aber die Verhandlungen plötzlich ab: Gregor Swerting, Stralsunds Bürgermeister, wurde ermordet! Und gerade er war der wichtigste Unterhändler der Hansen.«

»Dann gibt es eben einen großen Hansen weniger!«, tat Störtebeker den Mord kalt ab.

»Aber es ändert nichts an der Sache, Störtebeker«, fuhr Otto Peccatel ruhig fort. »Darum werden die Verhandlungen doch weitergehen, und zwar bald! Margarete ist es leid geworden, noch länger vor Stockholm herumzulungern ohne es zu kriegen. Nun könnte ihr der Frieden ohne Schwertstreich bescheren, wonach sie allein trachtet: Stockholm mitsamt der Schwedenkrone! Das weiß sie inzwischen. Sie muss nur drei Jahre warten können. Und das kann sie, verlasst Euch drauf! Sie ist ein höllisch schlaues Weib, diese Schwarze Margret. Der Friede wird kommen – spätestens im nächsten Jahr. Margarete will ihn! Die Hansen wollen ihn. Und die Mecklenburger auch. Den gefangenen Albrecht wird keiner um seine Meinung fragen und uns, die wir die Last des Kampfes getragen haben, auch nicht.«

»Dann werden wir uns wohl anderswo nach Arbeit umsehn müssen«, bemerkte Fark Wichmann trocken.

Die meisten Hauptleute gingen nun von Bord. Nur die alten Kumpane Wichmann, Gödeke Michels,

Wigbold und Störtebeker blieben noch, dazu Klaus Scheld.

Der Zwerg schob seinen Becher nachdenklich auf dem Tischholz hin und her. »Es wird genau so kommen, wie der Peccatel voraussagte: Die hohen Herrn machen ihren Frieden und wir müssen zusehn, wo wir bleiben. Von einem Tag auf den anderen sind wir aller Welt Feind! Sie werden uns die Baltische See bald verleiden, das seh ich schon voraus. Es könnte sogar so weit kommen, dass sich Vitalienbrüder gegenseitig an die Gurgel fahren!«

Die Herren Seeräuber nickten dazu mit den Köpfen. Der schlaue Zwerg sprach aus, was mancher befürchtete: Die schönsten Räuberzeiten neigten sich ihrem Ende zu und diesen Kummer konnten sie nicht einfach mit Wein wegspülen.

»Die Westsee wär kein schlechter Platz für uns«, brummte Gödeke Michels vor sich hin. »War schon in der Gegend. Englandfahrer, Bergenfahrer, Hollandfahrer … Hamburg, Bremen und Brügge. Da gibt's genug Handel, den man rupfen kann.«

»Es gibt auch mehr Stürme da und schlimme Sande vor den Küsten«, gab der vorsichtige Wichmann zu bedenken.

»Ach was! Auch im Baltic lauern Klippen und Riffe auf uns und doch sind wir gut gefahren«, schob Klaus Störtebeker seinen Einwand beiseite. »Wir müssen etwas wagen, Fark. Und das bald! Noch stehn wir mitten im Jahr. Noch ist gute Zeit für die

Fahrt nach Westen. Ich bin dafür, dass wir noch in dieser Woche versegeln, bevor uns der Herbst seine Stürme um die Ohren schlägt.«

»Ich bin dabei!«, rief Klaus Scheld begeistert. »Wenn wir schon aller Welt Feind werden, wie der Magister sagt – vielleicht behalten wir wenigstens Gott zum Freund!«

»Da hast du was Feines gesagt!«, brüllte Störtebeker und sprang von der Bank hoch. »Gottes Freund und aller Welt Feind! Das soll unser Wahlspruch für eine neue Zeit sein. Darauf lasst uns anstoßen!«

»Gottes Freund und aller Welt Feind!«, riefen alle am Tisch und ließen die Becher gegeneinander klirren, dass der rote Wein auf den Tisch sprang. Selbst der querköpfige Gödeke Michels ließ sich von der Begeisterung anstecken und schrie mit.

Ihr Gebrüll stieg durch die offenen Luken zum Achterkastell empor.

»Einen Lärm machen sie in der Kajüte«, knurrte der Namenlose kopfschüttelnd.

»Sollte mich nicht wundern, wenn sie gerade eben etwas Neues ausgeheckt haben. Hörte sich ganz danach an. Und wenn, dann werden wir es bald genug erfahren«, meinte der Schiefhals dazu.

Als Gödeke Michels, Klaus Scheld und Fark Wichmann auf ihre Schiffe zurückkehrten, taten sie es mit hochroten Köpfen und auf unsicherem Beinwerk. In der Kajüte murmelte Klaus Störtebeker immer wieder »Gottes Freund und aller Welt Feind« vor sich hin und begoss ihren neuen Wahlspruch jedes Mal mit einem langen Zug, so gut gefiel er ihm. Nur der Magister Wigbold hatte dafür gesorgt, dass er einen klaren Kopf behielt. Er musste noch etwas Wichtiges vorbereiten und dazu brauchte er den Namenlosen und den Schiefhals.

Sie hatten alles Schiffsvolk von Bord geschickt, denn es war nicht für alle Augen gedacht, was die drei vorhatten. Die Mannschaft sollte sich noch mal gründlich an Land austoben, wär für lange Zeit das letzte Mal, hatte der Zwerg empfohlen. »In zwei Tagen gehen wir hier Anker auf und versegeln in die Westsee!«, machte Störtebeker die Gesellen mit den neuen Plänen bekannt. Dann war er selbst mit an Land gegangen, denn vier Männer fasste das Kleinboot nicht.

Sobald die Dämmerung einsetzte, zogen der Namenlose und der Schiefhals die schwere, eisenbeschlagene Kiste aus der Kajüte heraus und fierten sie mit der Talje in das Boot. Der Zwerg sprang ihnen dabei vor den Füßen herum und bat sie ein über das andere Mal, doch ja vorsichtig umzugehen mit der kostbaren Kiste. Der Namenlose nahm seine Eisenstange mit. Der Schiefhals legte drei Holzrollen in das Boot. Dann legten sie ab, segelten bei gutem Wind die Gotlandküste nach Süden hinunter.

Der Zwerg lehnte seinen Rücken gegen die Silberkiste, so als wollte er sie wenigstens spüren, wenn er sie schon nicht sah. Gern war er nicht in diese Nussschale von Boot gestiegen, aber er hatte keine Wahl: Er selber wollte das Schatzversteck aussuchen und sich den Platz unauslöschlich in sein Gedächtnis eingraben für spätere Zeiten. Wenn es nur möglich gewesen wäre, hätte er den Schatz allein verborgen, ganz ohne fremde Augen. Aber für das schwere Gewicht waren die Kräfte des Namenlosen nötig und den Weg zur Insel traute er nur einem so guten Seefahrer wie dem Schiefhals ohne Not zu. Zuerst hatte er geschwankt, welche Insel er wählen sollte. Es gab zwei oder drei, die sich für ein Schatzversteck eigneten. Eine, mit Dünen und kargem Buschwerk bestanden, lag anderthalb Tagereisen zu Nord von Gotland und der Weg dorthin führte über die offene See. Die andere, ein hoch aufragender Felsklotz, war im Süden zu finden, halb so weit von Wisby entfernt und auf der ganzen Fahrt behielten sie die Gotlandküste in Sicht. Der Magister entschied sich für den kürzeren und sichereren Weg.

»Wir werden doch hoffentlich nicht an der Insel vorbeisegeln?«, fragte er unterwegs besorgt.

»Wir müssen mit der Nase drauf stoßen! So hoch ragt der Felsklotz aus dem Wasser. Ich war schon mal da im Vormonat«, beruhigte ihn der Schiefhals.

»Und ist das Eiland wirklich unbewohnt? Weißt du das bestimmt?«

»Ich traf nur Vögel an, davon aber mehr als genug.«

Als der Himmel sich im Osten aufhellte, hatten sie die Insel recht voraus. Sie segelten zu Luv an der steilen Küste entlang, um die Südecke herum, wo sie eine kleine Bucht fanden, in der sie das Boot vertäuten. Im Süden war die Insel weniger steil; ein schräg aufsteigendes Band versprach einen gangbaren Weg nach oben. Viele aufgescheuchte Vögel, die eigentlichen Herren der Insel, umkreisten die Eindringlinge und stießen mit heiseren Wutschreien auf sie herab.

Ein mühsames Stück Arbeit war es, die schwere Kiste ohne Talje aus dem Boot zu zerren und über das schroffe Gestein in die Höhe zu schaffen. Bald sperrte ihnen eine übermannshohe, senkrechte Felsstufe den Weg und genau da fanden sie, was sie suchten: ein tiefes Loch im Gestein, etwas breiter als hoch. Davor lag ein Steinbrocken, der dieses Loch einstmals verschlossen haben musste. Wasser und Frost hatten ihn wohl vor wer weiß wie vielen Jahren herausgesprengt.

»Könnte passen«, murmelte der Namenlose, griff die Breite der Kiste an seiner Eisenstange ab und hielt sie vor die Öffnung. Eine gute Handlänge war noch zu jeder Seite Platz.

Magister Wigbold kroch selber in das Loch hinein.

»Tief genug ist es auch«, meinte er, als er wieder zum Vorschein kam. »Wir wollen an die Arbeit gehn, dass wir's hinter uns bringen, eh uns die Sonne zuschaut.«

Auf den faustdicken Knütteln rollten sie die Kiste so tief in das Loch hinein, wie es irgend ging. Der Namenlose wuchtete den Felsbrocken davor, drückte ihn mit der Stange hinein. Das Loch war verschlossen, als wäre es nie anders gewesen.

Der Zwerg Wigbold musterte ihr Werk genau, prägte sich alles ins Gedächtnis, um diesen Ort wiederzuerkennen. Das war sein Schatz! Er würde ihn heben, irgendwann …

»Nur die Möwen schauten uns zu«, sagte er zufrieden. »Und nun zu euch: Gelobt mir ewiges Stillschweigen in die Hand!«

Sie machten sich auf die Rückfahrt und am Nachmittag standen sie wieder auf dem Deck des »Seewolfs«. Das Schiffsvolk wunderte sich über den Magister. Es war sonst nicht seine Art, mit dem Kleinboot in See zu gehen.

»Findest du den Platz wieder?«, fragte der Namenlose den Schiefhals, als sie allein waren.

»Mit geschlossenen Augen!«, antwortete der.

Mit dem ersten Frühlicht hievten vier Schiffe die Anker auf und segelten ohne lauten Abschied aus Wisby nach Südwesten davon. Die Gesellen waren zufrieden, ihre Hauptleute ebenso. Zog man doch neuen Abenteuern entgegen.

Nur wenige Augen schauten ihnen nach.

»Da fliegen die Ersten aus unserem Vitalierschwarm davon. Mag gut sein, auf Nimmerwiedersehn!«, gab ihnen Arend Styke mit auf den Weg. »Und wenn erst der Friede da ist, Peccatel, wird sich unsere Flotte bald in alle Winde zerstreuen. Das sag ich Euch jetzt schon voraus.«

Der lange Otto Peccatel klopfte auf das Schwert an seiner Seite. »Man sagt, die Dänenkönigin macht sich die besten Schwerter ihrer Feinde gern zu Freunden, bindet sie mit guten Pfründen und Geschenken an sich. Vielleicht sollten wir ihr rechtzeitig unsere Dienste anbieten!«

»Darüber lohnt das Nachdenken, Peccatel«, erwiderte Arend Styke bedächtig.

Ihren ersten Landfall machte die kleine Flotte an Ölands Ostküste, zog dann südwärts an ihr herunter, bis sie der kargen Insel das Heck zeigen konnten. Eine sonderbare Insel, lang und schmal wie ein

Hornhecht, ohne saftiges Grün und mit nur wenigen großen Bäumen. Der Wind fegte dieser Insel den Rücken kahl. Fast sah es aus, als wäre sie nur geschaffen, um den Kalmarsund vom schwedischen Festland abzutrennen. Nun steuerten sie den bekannten Kurs um Schonens Südostecke herum, der sie in den vergangenen Jahren der Stockholmfahrt immer glücklich nach Rostock zurückgebracht hatte.

Klaus Störtebeker zeigte nicht übel Lust, der Däneninsel Bornholm im Vorbeifahren noch einen Besuch abzustatten.

»Das ist verlorene Zeit«, redete ihm der Zwerg das aus. »Auf Bornholm ist noch weniger zu holen als in Wisby, glaub mir! Zu oft wurde die Insel geplündert, weil sie jedem, der auf Raub aus ist, so günstig am Weg liegt.«

»Besser, wir nutzen den guten Wind, um West zu machen«, sagte der Schiefhals seine Meinung. Das gab den Ausschlag.

Sie rundeten die Schonenecke, liefen drei Tage westwärts und hielten sich dabei in Sicht von Schonens Südküste. Am Tag danach tauchten die Klippen der Däneninsel Mön als blassblaue Wetterwand vor ihren Augen auf und gaben sich erst beim Näherkommen als weiße Felsen zu erkennen. Sie steuerten zu Süd an den Klippen vorbei und vor dem Sund, der die Inseln Mön und Falster trennt, warfen sie ihre Anker für die Nacht aus.

Für die Weiterfahrt gab es zwei Wege und der längere war eigentlich der sicherste. Er führte südlich um Falster herum, dann westwärts, bis man vor der Insel Langeland auf die Einfahrt zum Belt traf. Sie nahmen aber den kurzen und gefährlicheren Weg mitten durch die dänischen Inseln in Kauf, um den Belt in der halben Zeit zu gewinnen.

Am nächsten Morgen setzten sie zuerst die Dänenflaggen, denn unter falscher Flagge waren sie schon oft gut gefahren. An allen Schiffsseiten standen die Männer mit dem Lotblei und sangen die Tiefen aus. So wanden sie sich zwischen Inseln und Engen hindurch, loteten sich an Sanden und Untiefen vorbei nach Westen zu. Zeigte das Lot an einer Seite weniger als dreieinhalb Faden an, drehte der »Seewolf« den Bug zur anderen Seite hin und die übrigen Schiffe folgten seiner Spur wie treue Hunde. Mit der Landesflagge im Topp kamen sie an der Enge bei der Stadt Vordingborg unbehelligt vorbei. Niemand misstraute ihnen. Schiffe begegneten ihnen genug, Schniggen, Kraler und Schuten, Balinger und Bussen – alles kleines Zeug um fünfzehn Last herum. Da lohnte das Entern nicht und es war klüger, zuerst die dänischen Inseln hinter sich zu bringen, um dann im Kattegat nach Beute auszuschauen.

Hinter Vordingborg weitete sich zwar das Wasser, aber Sande und Flachs gab es mehr als genug. Das Loten wollte kein Ende nehmen. Einen vollen Tag noch mussten die Männer das Lotblei ausschwingen, dann konnten sie die Schiffsnasen in das breite und tiefe Wasser des Belts hineinstecken und auf Nord drehen. Nach einer halben Tagereise drehte der Wind von Südwest auf gerade Nord und blies ihnen so barsch entgegen, dass sie drei Tage lang unter der Seelandküste ankern mussten, bis der Wind auf West zurückfiel und etwas an Stärke nachließ. Noch drei Tage später hatte sie der fleißige West so weit nach Norden gebracht, dass der Schiefhals nur noch eine gute Tagereise bis zum Eingang des Lymfjords rechnete. Durch diesen Schlauch, der sich quer durch die Spitze der jütischen Halbinsel zur Nordsee hinwindet, wollten sie ihren Weg nehmen, um so die Fahrt um Skagen herum durch das Skagerrak zu meiden.

»Segel in Sicht!«, meldete die Tonne. »Steht in Lee voraus und schert in unseren Kurs ein!«

Störtebeker bekam glänzende Augen und auch der Zwerg tanzte aufgeregt auf dem Achterkastell herum.

»Enter auf, Schiefhals!«, befahl Störtebeker. »Sieh dir das fremde Schiff an und stell fest, ob wir ihm näher kommen. Du hast die besten Augen.«

Der Ausguck rückte beiseite, als der Schiefhals in das Krähennest kletterte. Das fremde Schiff lag jetzt gut voraus auf dem gleichen Kurs wie sie und zeigte ihnen das Heck. Er kann durch den Öresund gekommen sein und will sicherlich zwischen Läsö und Jütland durch die Enge nach Norden, überlegte der Schiefhals. Ein lübischer Bergenfahrer? Aber die Hansen schlossen sich doch sonst immer zu Flotten zusammen, wenn sie weit über See gingen … Er schaute mit zusammengekniffenen Augen lange Zeit voraus.

»Ein guter Segler ist der da vorn! Wir kommen ihm nur langsam näher«, murmelte er.

»Scheint 'ne Kogge zu sein, sagte der Ausgucksmann neben ihm.

»Wie sieht es aus? Kriegen wir ihn bald?«, brüllte Klaus Störtebeker ungeduldig zu ihnen hinauf.

»Der kann's genauso gut wie wir! Werden Mühe haben mit dem!«, schrie der Schiefhals nach unten.

Der »Seewolf« gab sein Bestes her; sie ließen die anderen drei Schiffe weit hinter sich, rückten dem Fremden aber nur langsam näher. Auch der andere Schiffer holte alles aus seiner Kogge heraus, was sie an Fahrt hergeben konnte; ihm schien das Wettrennen Spaß zu machen.

Sie ist etwas kleiner als der »Seewolf«, die Kogge, ihm aber sehr ähnlich, überlegte der Schiefhals, und eine Erinnerung ging ihm im Kopf herum, die ans Licht wollte. Ja! Ihr Mast! Das war es! Zwei Mannslängen ragte die Mastspitze über das Krähennest hinaus. Und oben drauf die Kugel. Genau wie beim »Seewolf«! Nein, wie bei der »Schwalbe von Ribnitz«! Ihr Schwesterschiff! Jetzt wusste er es!

»Mit dem tun wir uns sauer. Der rennt wie 'n Hase!«, unterbrach der Ausguck seine Gedanken.

Hase … Der »Seehase«! Koggen-Monks »Seehase« ist es, den wir jagen! Kein anderes Schiff trägt eine hölzerne Kugel auf der Mastspitze! Nur der »Seewolf«. Nein, die »Schwalbe«! Nur der »Seehase« sah der »Schwalbe« so ähnlich! Der Schiefhals krallte die Hände um den Tonnenrand und ein wilder Schmerz fuhr ihm durch die Brust. Verdammt! Und noch mal verdammt! Koggen-Monks Schiff! Sie dürfen es nicht kriegen! Vielleicht stand Ludeke Wieben da vorn auf dem Achterkastell des »Seehasen«! Ludeke! Der eben zehn Jahre älter war als er. Von dem Koggen-Monk so große Stücke gehalten hatte. Was konnte er tun, um den »Seehasen« zu retten? Die Schot anschneiden, dass sie brach? Was nur? Was gab es noch? Die Gedanken sprangen in seinem Hirn herum wie wilde Kabbelseen. Der Namenlose! Er musste mit ihm reden, und ohne dass jemand zuhörte!

»Lass das Schiff nicht aus den Augen!«, schärfte er dem Ausguck ein und meinte gar nicht, was er da sagte.

»Weiß selber, was ich zu tun hab, Maat«, knurrte der Mann.

Noch während der Schiefhals die Webeleinen nach unten kletterte, versuchte er seinen inneren Aufruhr herunterzuschlucken. Er durfte sich nichts anmerken lassen.

»Der da vorn wäre ein guter Zuwachs für unsere Flotte«, berichtete er Störtebeker, ohne dass ein Zittern der Stimme seine wahren Gedanken verriet. »Ich muss ihn noch mal als vorzüglichen Segler loben. Ihr solltet Euch selber mal vom Vorderkastell aus ansehn, wie schwer er es uns macht – ein feines Schiff!« Hoffentlich tun sie, was ich vorschlug, dachte er.

»Das will ich!«, ging Störtebeker auf den Vorschlag ein. »Hol jedes bisschen Fahrt heraus, bis ich wiederkomme.« Damit eilte er zum Vorderkastell und mit ihm der Zwerg, wie der Schiefhals gehofft hatte. Nur einer musste noch verschwinden – der Mann, der hier für Läuferdienste bereitstand.

»Sieh nach, ob alle Fußblöcke der Schoten gut gefettet sind, und sag der Wache, sie soll sich an den Leinen bereithalten«, befahl ihm der Schiefhals.

Der Mann ging. Sie hatten das Achterkastell für sich allein. Nur der Namenlose stand am Ruderholz wie immer, wenn es hart wehte.

»Du musst mir helfen!«, flüsterte ihm der Schiefhals zu. »Wir jagen den ›Seehasen‹ – Koggen-Monks Schiff. Sie dürfen ihn nicht kriegen! Das bin ich dem Toten schuldig.«

»Und wie denkst du, sollen wir das verhindern?«

»Die Schot anschneiden, dass sie brechen muss!«

»Das kannst du nicht, ohne dass es einer sieht!«

»Die Schot zu hart anbrassen – Fahrt verlieren – schlechter segeln!«

»Störtebeker wird es bald merken.«

»Dann weiß ich keinen Rat mehr!«

»Aber ich weiß, was wir tun können«, zischte der Namenlose. »Hör zu: In Wisby war's, und zwei Tage bevor wir diese Kiste – du weißt schon … Da wies ich den Zimmermaat auf einen Riss im Ruderholz hin. Der sah sich die Sache an und meinte, das Holz hielte noch lange aus. Er hätte ohnehin kein passendes Stück, um es zu ersetzen. Aber ich kann es brechen, wenn ich will! Dann sind wir steuerlos …«

»Sie kommen zurück!«, warnte der Schiefhals.

Klaus Störtebeker sprang die Treppe zum Achterkastell hinauf und in seinen Augen brannte das Jagdfieber. »Du hast recht, Schiefhals! Der wär grad richtig für uns, passt fein zum Seewolf. Wir haben den ganzen Weg über keine Beute gemacht. Aber den wollen wir haben!«

Den kriegst du nicht!, dachte der Schiefhals, nicht, wenn der Namenlose mir hilft.

»Holt durch die Schot! Wir wollen zusehn, dass wir ihm die Luvseite abgewinnen!«, schrie Störtebeker der Wache zu.

Alle Augen schauten gespannt nach vorn.

Die Bö kam genau zur rechten Zeit, fasste ins Segel, drückte den »Seewolf« hart auf die Seite.

Darauf hatte der Namenlose gewartet! Er duckte sich, spannte die Muskeln, machte den Rücken gerade – und krachend brach das Ruderholz! Noch etwas brachte er fertig: Er tat, als taumelte er gegen das Schanzkleid, und ließ dabei das lange Bruchstück der Pinne ins Wasser fallen. Der »Seewolf« schoss in den Wind, blieb mit wild schlagendem Segel liegen.

Gelungen!, jubelte der Schiefhals stumm.

»Verdammt! Wie konnte das Ruderholz brechen! Das ist Höllenwerk!«, brüllte Klaus Störtebeker in wilder Wut und befahl mit gleichem Atem den Zimmermaaten achteraus. Nun erfuhr er die Sache mit dem Holzriss.

»Bring das Ruder in Ordnung! Und rühr die Hände, rat ich dir!«, befahl er zähneknirschend. »Sonst ruf ich heut noch die Gesellen zum Bordgericht zusammen und ihren Spruch weiß ich jetzt schon: Du hängst an der Großrah, noch ehe die Sonne sinkt!«

Mit zitternden Händen ging der Zimmermaat an seine Arbeit. Wie kann das Holz brechen?, dachte er. Wo der Riss doch nicht durchgeht! Aber er wagte kein Widerwort, zu sehr fürchtete er Störtebekers Wut.

»Die Bö war schuld. Zu viel Druck auf dem Ruder!«, sprang der Namenlose dem geängstigten Zimmermaat bei.

Sie geiten das Segel auf, laschten ein Ende der Rah an Deck fest, dass sie nicht wild hin und her schlug und auch noch brach. Die See ging rau mit dem steuerlosen »Seewolf« um; er war ihr hilflos ausgeliefert ohne die Stütze von Ruder und Segel. Der Zimmermaat arbeitete wie noch niemals zuvor, so sehr trieb ihn die Angst vor Störtebekers Drohung voran. Aber das Segel des »Seehasen« wurde rasch kleiner und die anderen drei Schiffe ihrer Flotte holten auf.

»Was ist mit euch?«, schrie Wichmann im Vorbeifahren.

»Unser Ruderholz brach bei der Jagd, Fark!«, schrie Störtebeker zurück.

»Können wir helfen?«

»Nein. Fahrt voraus! Wir holen euch schon wieder ein!«

Als der »Seewolf« in Fahrt kam, war das Segel des »Seehasen« verschwunden und nur die drei Segel von Wichmann, Michels und Scheld standen noch in der Ferne eben über dem Wasser. Den »Seehasen« holen sie nicht mehr ein!, dachte der Schiefhals erleichtert. Und der Zimmermaat machte, dass er seinem Hauptmann Klaus Störtebeker aus den Augen kam – das Beste, was er tun konnte.

»Sieh zu, dass wir die anderen noch vor Dunkelheit einholen, Schiefhals! Ich geh unter Deck«, knurrte Störtebeker und der Ärger über die entgangene Beute stand ihm immer noch im Gesicht. Er polterte die Treppe hinunter und mit ihm verschwand der Zwerg.

Der Schiefhals legte dem Namenlosen die Hand auf die Schulter.

»Dank dir!«, sagte er leise.

Volle zwei Wochen gingen darüber hin, bis sie sich durch das krumme Wasser des Lymfjordes durchgewunden hatten. Immer wieder fasste sie der vertrackte Westwind von vorn an. War nicht genug Wasserbreite für die Kreuzschläge, blieb ihnen nichts anderes übrig als die Anker zu werfen und abzuwarten, bis der Wind es sich anders überlegte und günstiger einkam. Die Wartezeit verkürzte sich das Schiffsvolk auf seine Weise, setzte die Boote aus und ging in den umliegenden Höfen und Dörfern auf

Raub aus. Gold und Silber brachten diese Gelegenheitsräubereien kaum ein. Nur ihre Essvorräte konnten sie aufbessern und alle Mann bekamen statt Salzfleisch mal wieder frisches Fleisch zwischen die Zähne.

Störtebeker, Wigbold, der Namenlose und der Schiefhals beteiligten sich nicht an diesen Raubzügen über Land. Der Namenlose wanderte, wie oft, wenn sie unter Land ankerten, ruhelos an Deck hin und her oder stand wie versteinert am Schanzkleid, sog den Geruch des nahen Landes in sich hinein und liebkoste das Grün mit den Augen.

»Du sehnst dich wieder an Land zurück«, sagte der Schiefhals.

»Damit alle davonlaufen, wenn sie meine Fratze sehn!«, gurgelte der Namenlose bitter, drehte sich um und nahm seine Unrast wieder auf.

Die zwei anderen hockten in der Kajüte und beredeten, wie sie es halten wollten in der Westsee. Klaus Störtebeker hatte große Pläne.

»Wir brauchen eine Flotte, Kleiner. Sechs gute Schiffe müssen wir mindestens haben, davon zwei schnelle Schniggen für den Kundschafterdienst. Und alle Schiffe sollen unter meinem Befehl stehen! Nur unter meinem, hörst du! Ich will nicht teilen. – Fark Wichmann wird mittun, das weiß ich gewiss. Aber wie das mit Klaus Scheld steht –«

»Auf den würde ich nicht zählen«, warnte ihn der Zwerg, »der hält sich mehr zu Gödeke Michels.

Und Gödeke wird sich nie und nimmer unter Klaus Störtebekers Befehl stellen. Der hat seinen eignen Kopf, der Gödeke, und wird seinen eignen Weg gehen.«

»Dann soll er! Ich kann keinen Querkopf in meiner Flotte brauchen.«

»Und woher willst du das Schiffsvolk für deine neue Flotte nehmen, Klaus? Neue Schiffe, auch gekaperte, brauchen viele Hände.«

»Von nun an behalten wir die Prisen, die uns tauglich erscheinen, und ich will, dass das Schiffsvolk geschont wird! Ich werde den Gesellen schon einbläuen ihre Mordlust zu zügeln.«

»Nicht alle werden den Schwur auf uns leisten«, gab der Magister zu bedenken. »Es braucht viele, um eine Flotte zu bemannen; das haben schon Könige und Fürsten erfahren und darum den Pressdienst erfunden.«

»Und grad da liegt der Fehler!« Der Riese sprang auf und stützte die Arme auf das Tischholz. »Ich will es anders vorhaben, denn Schwüre, die in Todesängsten getan wurden, sind wie morsches Holz. Man bricht sie leicht, sobald man kann. Nein, Kleiner, aus gepressten Leuten werden keine willigen Raubgesellen! Bei uns wird's anders zugehn von nun an: Klaus Störtebeker bietet Handgeld und gleichen Anteil für alle! Wer den Schwur nicht leisten will, darf ohne Schaden von Bord, und wenn's nicht anders geht, im nächsten Hafen. Ich sag dir, bald wird man überall im Land unser Lob singen. Den Reichen nimmt er und den Armen gibt er, werden sie verbreiten. Er drangsaliert uns nicht, wie es sonst Herrenbrauch ist. Dann wird der arme Mann uns gut gesinnt sein, uns willig Bescheid geben über alles, was uns nützt oder schadet. Und noch lieber wird er das tun, wenn er dafür ein Silberstück auf die Hand bekommt. Nur so gewinnen wir treue Freunde und treues Schiffsvolk. Wir könnten sogar Männer an Land setzen, die für unsere Sache werben, geheime Treffpunkte ausmachen und da an Bord nehmen, wer in unseren Dienst treten will. Klaus Störtebeker handelt gerechter als Könige und Fürsten!, soll es im ganzen Land heißen.«

»Du siehst die Sache nicht unrecht an«, gab der Zwerg Wigbold zu. »Aber auf die Treue der armen Leute würde ich nicht zu fest bauen. Es wird das Silber sein, das sie bei der Stange hält.«

»Was soll's! Die Hansen werden es zahlen! Und für uns bleibt mehr als genug übrig, wenn das deine Sorge ist.«

»Zuerst werden unsere Silberkisten leer werden, seh ich voraus. Und als dein Schatzmeister muss ich –«

»Ich weiß, wie schwer du dich von den glänzenden Scheibchen trennst. Aber ich verschaff dir neue – mehr als je zuvor. Wer goldene Fische fangen will, muss eben ein silbernes Netz auswerfen«, sagte Störtebeker lachend.

Kaum hatten sie die Westsee zu fassen, da trennte sich die Flotte. Gödeke Michels segelte westwärts davon; er wollte mit Klaus Scheld zusammen sein Glück an Englands Küste versuchen. Störtebeker und Wichmann wollten lieber vor der Elbmündung, Hamburgs großem Wassertor, kreuzen und überlegten, ob sie sich nicht auf dem roten Felsen Helgoland einnisten sollten. Also nutzten sie den guten Nordwind, der ihnen so bequem von achtern die Segel füllte, und zogen mit weißen Schaumbärten vor dem Bug die Jütenküste nach Süden.

Unterwegs schauten sie in die Eidermündung hinein und das machte sich bezahlt. Dort bekam Störtebeker die zwei Schniggen geschenkt, die er so nötig brauchte. Sie lagen friedlich im Flutstrom vor Anker, um die Ebbe abzuwarten, als Störtebeker und Wichmann mit dem Strom heranrauschten. Und bevor sie Böses ahnen konnten, waren sie schon in der Gewalt der Seeräuber. Störtebeker hielt Wort: Kein Blut färbte die Planken seiner neuen Schiffe rot. Die Hälfte des Schiffsvolks trat in seine Dienste über. Wer den Dienst nicht nehmen wollte, wurde an Land gesetzt, ohne dass man ihm ein Haar krümmte. Eine lübische Mark auf die Hand versprach Klaus Störtebeker allen, die einen Mann für seine Flotte warben.

Selbst der Zwerg musste zugeben, dass die neue Art sich bezahlt machte. Hoffentlich wird er nicht zu leichtsinnig!, dachte er, als er das Handgeld an die neue Mannschaft auszahlte.

Eine Woche noch blieben sie da liegen. Und als sie dann die Anker aufhievten, hatten sie so viel Schiffsvolk beisammen, dass sie noch eine Prise bemannen konnten. Die ehemaligen Maate der Schniggen waren zu Schiffern aufgerückt und mit ihnen hatten sie zwei Leute in der Flotte, die sich an diesem Küstenstrich gut auskannten.

Über eineinhalb Jahre waren sie schon die Herren der roten Insel, nannten sich jetzt stolz Likedeeler und fühlten sich als die Beherrscher der Westsee. Und sie waren im Glück. In Stadt und Land kannte man ihren lästerlichen Kampfruf: Gottes Freund und aller Welt Feind!

Ohne Kampf hatten sie sich auf dem Felseneiland vor der Elbmündung eingenistet. Ihr eigentlicher Herr, der Herzog von Schleswig und Holstein, saß weitab in seinem Gottorper Schloss; sein Amtmann floh, ließ sich bei Nacht und Nebel von einem Fischer auf das Festland übersetzen und war froh, dass er seine Haut rettete. Den Bewohnern der Insel blieb nur übrig sich mit der neuen Herrschaft abzufinden. Sie waren es gewohnt, ab und zu die Herren zu wechseln, machten sich nicht allzu viele Gedanken über Recht und Unrecht, solange man ihnen das bisschen ließ, was sie zum Leben brauchten. Und mit diesen Likedeelern trafen sie es besser, als sie anfangs geglaubt hatten. Der herzogliche Amtmann hatte ihnen im Auftrag seines Gottorper Herrn die Taschen geplündert; die Likedeeler plünderten den Kaufmann aus, und wenn ihre Taschen überliefen, glitt so manches Silberstück in die aufgehaltenen Hände der Helgoländer. Klaus Störtebeker hielt seine Raubgesellen seit Neuestem in eiserner Zucht, und weil die Geschäfte gut liefen, waren sie mehr auf See anzutreffen als an Land.

Alle Schiffe, die nach England fuhren oder von da kamen und in die Elbe wollten, mussten an der roten Felsenburg vorbei, die wie ein Wachturm vor dem Eingangstor lag. Auch die Bremen- und Hollandfahrer konnte man von dort noch gut im Auge behalten. Störtebeker schickte seine Schniggen in alle Himmelsrichtungen auf Kundschaft aus und diese flinken Hunde bellten ihm Nachricht über lohnende Beute ins Ohr. Aber das waren nicht die einzigen Augen und Ohren, die für Klaus Störtebeker spähten und horchten. Helgoländer Fischer lohnte er freigebig, wenn sie ihm nützliche Kunde brachten. Auf der Insel Neuwerk arbeitete ein Fischermann für ihn und auch auf dem Festland gab es Ohren genug, die für ihn hörten.

Die Nordsee erwies sich als fette Weide; das Beutegut sammelte sich auf der roten Insel und mancher arme Helgoländer nahm sich heimlich seinen Teil davon. Aber was fehlte, waren die Käufer, die den Haufen in Geld ummünzen konnten. Das betrübte den Schatzmeister Wigbold besonders; er trauerte den Häfen Rostock und Wismar nach und meinte zu Störtebeker: »Wie leicht war es in der Vitalierzeit mit dem Verkauf, Klaus. Da rissen uns die Krämer das Raubgut heißhungrig aus den Händen, kaum dass wir die Leinen festhatten …«

Von den Küsten herüber tönte Wehklagen. Die Hamburger Stimmen waren die lautesten, denn sie mussten die meisten Federn lassen. Aber auch die Bremer, Holländer, Flamen und Engländer beklagten sich bitter über diese neuen Wölfe, die ihre Schiffsherden überfielen. So wie sich die Klagen häuften, mehrte sich das Silber in den eisenbeschlagenen Kisten der Likedeeler und Störtebekers Name wurde in den Hansestädten mit Furcht, Abscheu und Wut genannt.

Auf dem flachen Land redete man anders über ihn, erzählte Wunderdinge von seiner Körperkraft, rühmte seine Freigebigkeit und flüsterte von seinen aufgehäuften Schätzen. Die Hufeisen, die er mit seinen Händen zerbrechen konnte, und die Eisenstangen, die er bog, wurden dicker, je öfter man die Geschichten aufwärmte. Aber das Bier an den Herdfeuern schmeckte noch einmal so gut, wenn die Schadenfreude es würzte. »Wisst ihr schon den neuesten Streich, den Störtebeker den Hansekrämern spielte?«, flüsterte man sich zu.

Vier große Schiffe und zwei Schniggen hielt Klaus Störtebeker in Fahrt, nicht mitgerechnet die kleinen Fischerboote, die ihm Zuträgerdienste leisteten. Schiffsvolk lief ihm genug zu. Männer, die das leichte Geld lockte, die harte Herrenfron satt hatten oder vor Schlinge und Richtschwert davonlaufen mussten. Ja, den Likedeelern ging es wahrhaft gut. Volle Taschen, volle Becher, Weiber und einen Anführer wie

Klaus Störtebeker, dem das Glück nachlief. Was brauchten sie mehr!

»Er hat es weit gebracht, der große Klaus. Damals im Baltic war er noch einer von vielen. Heute ist sein Name in aller Mund. Die einen machen einen hehren Helden aus ihm und die anderen einen finsteren Teufel. Und wir haben keinen Hauptmann und Schiffer mehr – dafür einen Admiral! Einen, der wie ein König in Saus und Braus herrscht! Noch ist er im Glück …« Der Schiefhals sagte es nachdenklich und schaute zum roten Felsen hinüber, wo die Gesellen die letzten Fässer Wein leerten.

»So lange wie's dauert! Was ein Königsthron wert ist, sahen wir an dem schwedischen Albrecht«, brummte der Namenlose zur Antwort.

Die Flotte lag im Leeschutz der Dünen vor Anker und sie warteten darauf, dass die hansische Schifffahrt nach der Winterpause richtig wieder in Gang kam.

Im Frühsommer fingen sie einen seltenen Vogel.

Ein Weststurm brauchte zwei Tage, um sich auszublasen. Als das Wasser wieder glatt wurde, machten sich der Namenlose und der Schiefhals auf, um die Elbmündung zu erkunden. Dazu nahmen sie Koggen-Monks Boot, mit dem sie bei dem leichten Wind am schnellsten vorankamen. Der trunkene Lärm ihrer Kumpane, die auf der faulen Haut lagen, ging ihnen wider den Strich.

Sie hatten grade den mächtigen Vierkantturm von Neuwerk gesichtet, als der Schiefhals den dunklen

Balken auf dem Wasser treiben sah. »Könnte ein Boot sein«, meinte er und steuerte drauf zu.

Es war auch ein Boot, halb voll Wasser geschlagen, und darin lag ein Schiffbrüchiger.

»Schwarze Locken hat er und eine dunkle Haut«, stellte der Schiefhals fest.

»Der sieht nicht nach einem Nordländer aus. Er muss von weit her kommen«, meinte der Namenlose.

Mehr tot als lebendig holten sie den Schiffbrüchigen heraus und nahmen ihn mit auf die Insel. Die wenigen Worte, die er unterwegs vor sich hin murmelte, konnten sie nicht verstehen.

Als der fremde Findling wieder bei Kräften war, fiel er dem Magister Wigbold in die Hände. Sie redeten mit Händen und Füßen, aber der Zwerg erfuhr alles, was er wissen wollte: Pedro hieß der Schwarzlockige, kam aus dem Land Spanien, war vor gut einem halben Jahr auf einem Bremer Holk gelandet, der süßen Wein aus seiner Heimatstadt La Coruña holte. Mit diesem Schiff waren sie im letzten Sturm vor Neuwerk in die Grundseen geraten und die hatten das Menschenwerk kurz und klein geschlagen. Mit noch einem Zweiten hatte er sich in das Kleinboot retten können und um ihr Leben schöpfen müssen, um sich über Wasser zu halten. Dann wusch eine See den anderen über Bord. Mehr wusste er über sein Unglück nicht zu sagen. Aber etwas viel Wichtigeres erfuhr der Zwerg: Von einem märchenhaft reichen Wallfahrtsort erzählte der Schwarze Pedro. An der spanischen Küste lag er, nahe bei La Coruña, hieß Santiago de Compostela.

Einen Tag lang rannte der Magister herum, als träumte er im Wachen von einem allmächtigen Goldschatz, und immer wieder redete er mit dem Schwarzen Pedro.

»Klaus«, sagte er am zweiten Tag. »Ich habe von einem reichen Goldschatz erfahren. Den müssen wir uns unbedingt holen! Hier ist das Silber rar geworden. Von Gold will ich gar nicht reden. Aber in Santiago de Compostela quellen die Kirchen über von Schätzen und die Stadt auch. Die frommen Pilger lassen es sich was kosten, um das Himmelreich zu gewinnen. Der Schwarze Pedro hat mir davon berichtet.«

Klaus Störtebeker zögerte mit der Antwort.

»Deine goldenen Berge liegen ziemlich weit aus der Welt«, meinte er endlich. »Die Fahrt wird lange dauern und keiner von uns kennt den Weg in den Süden.«

»Der Fremdling weiß ihn. Ich hab ihn ausgefragt und alles erfahren, was wir brauchen«, machte ihm der Zwerg den Plan schmackhaft. »Es wär gut, wenn wir eine Weile aus dieser Ecke verschwänden. Dann denken die Hansen, sie wären uns los, und wenn wir zurückkehren, sind sie wieder so sorglos wie zu Beginn unserer Helgoländer Zeit.«

»Dann wagen wir es!«, entschied Klaus Störtebeker.

So machten sie sich auf den Weg nach Spaniens Küste, Klaus Störtebeker, Fark Wichmann und die ganze Flotte. Das Raubgut luden sie ein, um es unterwegs bei guter Gelegenheit zu versilbern. An den friesischen Inseln kamen sie glatt vorbei; der Sommerwind meinte es gut mit ihnen. In Friesland hatte sich Gödeke Michels nach seiner Englandfahrt eingenistet und es ging ihm da nicht schlecht, wie sie erfuhren, als er sie im Frühjahr auf dem roten Felsen besuchte. Seine Prisen waren zwar nicht so fett wie Störtebekers; dafür hatte es Gödeke leichter, sein Raubgut an den Mann zu bringen. Die Friesenhäuptlinge nahmen es gern und gierig und boten Häfen für die Überwinterung an. Sie gedachten diesen günstigen Handel möglichst lange zu nutzen.

Zwischen England und Frankreich wurde das Fahrwasser schmaler und tückischer. Besonders die Frankreichküste zeigte ihnen die Klippenzähne. Der Tidenstrom lief dort so hart, dass sie ihn nicht totsegeln konnten. So mussten sie unter Land ankern und abwarten, bis der Ebbstrom einsetzte und sie weiter nach Westen mitnahm. Als sie dann die Enge hinter sich gebracht hatten, mussten sie sich bei der bretonischen Halbinsel um die Ecke quälen und sich dann mit Südostkurs an der Frankreichküste entlangarbeiten. Das hatte ihnen der Schwarze Pedro vorgeschlagen. Die Biskayabucht sei eine sturmverseuchte Gegend, erzählte er ihnen, besser, man hielte sich unter Land und hätte ein paar Häfen in Lee.

Und noch einen guten Rat gab er: Bourgneuf wäre der richtige Hafen für alle, die kaufen und verkaufen wollten. Und sie wollten verkaufen.

»Hoffentlich treffen wir da keine alten Bekannten, die unser Gewerbe kennen«, knurrte Störtebeker.

Wenn es um Gold oder Silber ging, streute der Zwerg Wigbold alle Bedenken in den Wind. »Lass mich diesen Handel abmachen«, schlug er vor. »Die Flotte bleibt in der Bucht vor Anker und ich fahre nur mit einer Schnigge in den Hafen ein. Den Namenlosen und den Schiefhals nehme ich mit, falls es Schwierigkeiten geben sollte.«

Am Bollwerk von Bourgneuf drängten sich die Schiffe. Selbst mit der kleinen Schnigge hatten sie Mühe, noch einen Platz zu finden. Engländer lagen da mit Tuch und Wolle, Blei und Zinn aus Cornwall; die Hamburger mit ihrem Bier, mit Pelzwerk und Wachs aus dem Osten. Von Bergen herunter waren Schiffe gekommen, luden Eisen, Holz, Salzhering und Stockfisch aus. Holländer, Flamen und Dänen waren da und sogar zwei livländische Schiffe, die weither von Riga kamen. Fast alle luden das Baiensalz als Rückfracht, denn es war billiger als das Lüneburger. Dazu nahmen sie noch Gewürze an Bord, roten Wein aus Poitou und süße Weine aus Spanien und Portugal, wenn sie zu haben waren.

Der Magister fand mühelos einen Käufer für ihre Ladung, denn wohlfeiles Gut fand rasch einen Liebhaber.

Am nächsten Morgen schon kroch eine Flotte von Prähmen zu der ankernden Likedeelerflotte hinaus und lud ein, was den Hansen geraubt wurde: viele Ballen Tuch und Säcke voll Wolle, kostbaren Scharlach aus Brügge und viel Pelzwerk, das sie Danziger Schiffen genommen hatten. Und alles gaben sie für den halben Preis ab. Der Käufer fragte nicht lange, woher das billige Gut kam, und der Zwerg band ihm nicht auf die Nase, dass sie ihr Raubgut gewöhnlich noch wohlfeiler losschlagen mussten.

Acht Last Bier, von dem sie mehr als reichlich an Bord hatten, tauschte der Magister gegen roten Wein aus Frankreich und süße Spanienweine ein. Für achtzig Tonnen Salzhering, der dort teuer war, ließ er sich reichlich von dem groben Leinen, dem guten Kanevas, für ihre Segel geben. Trotzdem füllte sich die Kiste noch mit französischen Kronen, Genter Nobeln und rheinischen Gulden.

»Wir haben ein gutes Geschäft gemacht, Klaus. Wir können zufrieden sein«, sagte der Zwerg, dem man die Zufriedenheit mit dem Handel am Gesicht ansah. »Die Truhe ist voll mit gutem Geld, das wir jederzeit gegen lübische Mark eintauschen können, wenn wir wollen. Und Wein für die eigenen Becher haben wir für lange Zeit genug.«

»Du bist auf dem falschen Schiff, scheint mir«, erwiderte Klaus Störtebeker lachend. »Ich merke, an dir ist ein hansischer Krämer verloren gegangen.«

»Sei froh, dass ich mich um die Geldgeschäfte kümmere, sonst würdest du nur den blanken Boden in unserer Schiffskasse zu sehen kriegen!«

Der Wind kam halb von Norden und halb von Westen, blies just so forsch, wie sie es brauchten, und der blaue Himmel zeigte gutes Wetter an. Darum gingen sie von Bourgneuf aus auf geraden Südwestkurs, wollten so ein gutes Stück der weiten Biskayabucht abschneiden. Drei Tage und drei Nächte segelten sie ohne Landsicht, hielten sich nah beieinander, zeigten bei Dunkelheit ihre Pechfackeln am Heck, dass sie sich nicht aus den Augen verloren. Zu ihrem Glück stand der Wind durch und wechselte weder die Richtung noch die Stärke. Gegen Mittag des vierten Tages machten sie dann ihren Landfall vor Spaniens Nordwestecke. Der Schwarze Pedro lotste sie bei Landsicht um die Huck herum und an La Coruña vorbei. In einer geschützten Bucht auf der Breite von Santiago de Compostela warfen sie Anker.

Einen Tagesmarsch nach Osten brauchten sie für den Landweg, verriet ihnen der Schwarze Pedro; aber die beiden hohen Türme der Kathedrale würden ihnen schon von Weitem den Weg zeigen.

»Eine Kathedrale, viele Klöster und einen Haufen Kapellen! Wenn's da nichts zu holen gibt! Hoffentlich finden wir Esel genug, die uns die Beute buckeln!«, bemerkte der Zwerg hämisch.

»Alle Maate bleiben an Bord, um für die Schiffe zu sorgen. Dazu jeweils ein knappes Drittel der Mannschaft«, bestimmte Störtebeker.

Im Morgengrauen zogen sie los, an die dreihundert Gesellen, die es nach Blut und Beute gelüstete. In den letzten Jahren hatte ihr Hauptmann und Admiral ihnen strenge Zucht aufgezwungen. Jetzt waren sie weit gefahren, um mal nach Herzenslust zu plündern. Der Zwerg war mitten unter ihnen; er wollte die Schätze mit eigenen Augen sehen und darüber wachen, dass ja nichts übersehen wurde, was mitnehmenswert war.

Der Schiefhals musste als Maat auf dem »Seewolf« zurückbleiben. »Wo er ist, bleib ich auch«, hatte der Namenlose geknurrt und Klaus Störtebeker hatte sich damit abfinden müssen. Den offenen Kampf mieden die beiden Freunde nicht, aber dieser heimtückische Überfall auf eine wehrlose Pilgerstadt war ihnen zuwider.

Die Flotte ankerte in einer eiförmigen Bucht, vor sich einen schmalen Sandstrand und schroffe Felsen ringsum, an die sich wenige Bäume klammerten. Das Wasser leuchtete hellgrün; sie konnten vom Schiff aus bis auf den Grund schauen. Vor der Bucht wechselte die Wasserfarbe in ein lichtes Blau über und die Sonne brannte unbarmherzig von einem wolkenlosen Himmel herab. Die Luft kochte; das Pech schmolz in den Plankennähten. Und wer kein Schuhwerk trug, versengte sich die nackten Fußsohlen.

Die Raubgesellen waren noch nicht zurück. Am dritten Tag ihrer Wartezeit, als die Sonne schon im Westen stand, näherten sich drei Segel. So sah es wenigstens von Weitem aus. Später konnte der Schiefhals vom Krähennest ausmachen, dass es nur ein Schiff war, das drei Masten und drei Segel trug. Es war das erste dreimastige Schiff, das ihnen vor die Augen kam. Mit geblähten Segeln hielt es auf die ankernde Seeräuberflotte zu, näherte sich pfeilschnell. Zwei Steinwürfe vor den Schiffen drehte es mühelos in den Wind, blieb eine Weile mit flatternden Segeln liegen, so als wollte man sich diese Fremdlinge gründlich ansehen. Dann holte der Dreimaster seine Segel dicht, ging hoch an den Wind und zog ebenso schnell wieder davon.

»Drei Masten! Und drei Segel! Ein herrliches Schiff!«, rief der Schiefhals in heller Begeisterung aus. »Der ist ja noch viel schneller als unser ›Seewolf‹! Hast du gesehn, wie mühelos der in den Wind drehte? Und er ging höher an den Wind, als ich jemals ein Schiffsegeln sah.«

Der Namenlose zeigte nicht die Begeisterung seines Freundes. »Was wollte der hier?«, brummte er argwöhnisch. »Sich unsere Schiffe ansehn? So kam es mir vor. Denn er machte sich ohne Gruß und allzu eilig wieder davon.«

»Du glaubst, es könnte ein Kundschafter sein?«

»Was denn sonst!«

»Du magst recht haben«, sagte der Schiefhals nachdenklich. »Vor lauter Erstaunen über dieses neuartige Schiff habe ich das Überlegen vergessen. Es rührte eine blaugoldene Flagge im Großtopp, erinnere ich mich. Das muss die spanische sein. Der Dreimaster könnte von La Coruña her kommen. Von Compostela bis dorthin ist der Landweg nicht weit, denk ich mir. Also könnte auch die Kunde vom Überfall wohl schon bis dahin gedrungen sein.«

»Wird Zeit, dass sie zurückkommen«, brummte der Namenlose.

Dem Schiefhals ging der herrliche Dreimaster immer noch nicht aus dem Kopf. Drei Masten! Der vordere zeigte schräg nach vorn und der mittlere ragte am höchsten empor. Die langen Rahen neigten sich schräg, sodass eine Rahnock weit über die Mastspitzen hinausragte, und alle Segel waren dreieckig geschnitten. Das Schiff hatte schmal ausgesehen und lang und nicht so hochbordig wie ihre Koggen und Holks. Das hätte Koggen-Monk miterleben müssen! Schiffe mit drei Masten! Es hätte nicht lange gedauert, dann wäre ein dreimastiges Schiff von seiner Helling geglitten, dachte der Schiefhals.

Am Mittag des vierten Tages kamen die Raubgesellen zurück. Mit Eselskarren und in Körben und Säcken schleppten sie die reiche Beute an. Viele standen nicht mehr ganz sicher auf ihren Beinen. Die Hitze hatte sie ausgedörrt und um den Durst zu löschen, tranken sie schweren roten Wein, der ihnen die Beine und Sinne lähmte. Das ging so lange, bis Störtebeker mit harten Worten dazwischenfuhr und ihnen androhte, man würde liegen lassen, wer sich von den Beinen soff, den Verfolgern zum Fraß. Das half.

Das Raubgut wurde auf die Schiffe verladen und der Zwerg sorgte dafür, dass die meisten und wertvollsten Kostbarkeiten auf dem »Seewolf« landeten. Später sollte die Beute gerecht unter alle verteilt werden.

»Das war unser einträglichster Raubzug bisher. Hat uns nicht einen einzigen Mann gekostet«, sagte der Magister Wigbold zufrieden.

»Morgen gehen wir Anker auf!«, bestimmte Störtebeker. »Wollen zusehen, dass wir unseren Raub gut nach Hause bringen.«

»Damit werden wir noch Mühe haben«, sagte der Schiefhals und berichtete von dem schnellen Dreimaster, den sie für einen Kundschafter aus La Coruña hielten.

»Wir sind Schiffe und Männer genug«, tat Klaus Störtebeker die Bedenken ab.

Am nächsten Morgen lichteten sie die Anker. Als ihre Segel Wind gefasst hatten, tauchten ein paar Menschen am Strand auf, gaben ihnen mit drohend gereckten Fäusten den Abschied und schleuderten ihnen tödliche Flüche nach.

Gegen einen leichten Südwest kreuzte die Flotte aus der langen Bucht in die offene See hinaus; erst wenn sie nach Norden abfielen, konnte ihnen dieser Wind besser voranhelfen. Die beiden Schniggen segelten gut zehn Schiffslängen voraus. Die vier großen Schiffe folgten, zu Luv der »Seewolf« vor Wichmanns »Makrele«, die beiden anderen Holks hintereinander in Lee.

Der Schiefhals hatte selber den Ausguck im Krähennest übernommen und er wusste warum: Der dreimastige Kundschafter wollte ihm nicht aus dem Kopf! Er teilte den Verdacht des Namenlosen. Dazu kam noch ein böses Gerede unter dem Schiffsvolk: Sie flüsterten von einer Todsünde! Einer von den Gesellen – sie sagten nicht wer – hätte eine heilige Reliquie gestohlen, die getrocknete Zunge eines Märtyrers, und sie dann achtlos fortgeworfen in der Gluthitze des Rückmarsches. Ein schlimmes Zeichen!, meinte man auf allen Schiffen.

Jäh wurde der Schiefhals aus seinen Gedanken gerissen.

Drei Segel voraus! Drei! Und dieses Mal ließ er sich nicht täuschen. Da war er wieder, der Kundschafter von gestern!

»Segel in Luv voraus!«, sang er nach unten aus.

Aber das war noch nicht alles. Der Schiefhals brauchte einige Zeit, bis er herausfand, was er da sah, und selbst dann war er nicht sicher, ob er seinen Augen trauen durfte: In Lee von diesem Dreimaster schwammen noch mehr Schiffe, fünf zählte er.

Seltsame Schiffe waren das – ohne Mast und Segel! Trotzdem kamen sie mit derselben Schnelligkeit näher wie der Dreimastige mit seinen Segeln.

Verdammt!, dachte der Schiefhals. Wie ist das möglich? Sie könnten von Rudern angetrieben sein … Ruderschiffe! Ja, das war die einzig richtige Erklärung!

Hastig kletterte der Schiefhals die Webeleinen nach unten.

»Dieser Segler ist der dreimastige Kundschafter von gestern, da bin ich sicher!«, berichtete er auf dem Achterkastell. »Aber diesmal ist er nicht allein: Mit ihm kommen fünf seltsame Schiffe ohne Segel auf, Ruderschiffe.«

»Ruderschiffe? Ruderboote meinst du wohl!«, fuhr Klaus Störtebeker dazwischen.

»Ruderschiffe, hab ich gesagt, und das meine ich auch!«, widersprach ihm der Schiefhals. »Für Boote sind sie zu groß. Und sie müssen viele Ruder haben – so schnell kommen sie näher!«

»Von der Schiffssorte hörte ich noch nie«, sagte Störtebeker kopfschüttelnd. »Du vielleicht, Kleiner?«

Der Zwerg Wigbold wiegte nachdenklich den großen Kopf. »Es könnten Rudergaleeren sein. Von denen hab ich wohl schon gehört, sie aber noch niemals mit eigenen Augen gesehn.«

Sie alle sollten jetzt diese Galeeren nicht nur sehen, sondern sie auch von der übelsten Seite kennenlernen.

Der Dreimaster hielt sich in Luv, weit genug weg, als wollte er das, was nun kam, nur als Beobachter miterleben. Alle sahen inzwischen die Meute unbarmherzig näher rücken: Fünf große und lange Wasserkäfer schlugen ihre Ruderbeine im gleichen Takt auf und ab und stießen sich damit voran – auf sie zu. Eins dieser Ungetüme kroch voraus, dahinter zwei nebeneinander und noch mal zwei. Von allen

Achterkastellen starrte man ratlos auf diese ungewöhnliche Flotte und auch das Schiffsvolk wusste nicht, was davon zu halten war. Aber sie sollten es gleich erfahren.

Die erste Galeere war fast auf Höhe der Schnigge angelangt, die am weitesten zu Luv stand. Plötzlich strich sie auf einer Seite die Ruder gegen das Wasser an, zog auf der anderen die Ruderblätter durch, drehte hart auf die Schnigge zu und rammte sie mittschiffs in voller Fahrt. Das kleine Schiff legte sich über, als hätte ein Sturm sie auf die Seite gedrückt. Alle Ruder der Galeere arbeiteten zurück und schon kam sie wieder von ihrem Opfer frei …

Jetzt wussten alle, mit welcher gefährlichen Käferart sie es zu tun hatten!

»Dieser Höllenhund!«, brüllte Störtebeker und krallte in ohnmächtiger Wut seine Hände um den Handlauf des Schanzkleides.

»Sie sinkt! Die Schnigge sinkt!«, schrien viele Stimmen.

»Sie haben einen Rammsporn am Bug, diese Galeeren!«, kreischte der Zwerg und gab sich keine Mühe, seine Furcht zu verbergen.

Dann überstürzten sich die Geschehnisse und das meiste spielte sich gleichzeitig ab. Die Schnigge war nicht mehr zu retten; das Wasser spülte schon über ihr Mitteldeck – jeden Augenblick musste der Steinballast sie in die Tiefe ziehen. Um die zweite Schnigge kümmerten sie sich nicht, wollten wohl zuerst die großen Schiffe angreifen. Zwei dieser Teufelskäfer steuerten den »Seewolf« von beiden Seiten an. Die anderen drei Galeeren stürzten sich auf die beiden Holks in Lee. Es sah nicht gut aus für die Likedeeler.

Aber jetzt zeigte Klaus Störtebeker, was er wert war.

»Geh unter Deck!«, befahl er dem Zwerg und dem Schiefhals: »Es gibt nur eine Möglichkeit mit dieser Pest fertig zu werden – wenn so ein Satan auf uns zudreht, drehst du auf ihn zu, Schiefhals, damit er uns nicht von der Seite aufspießt. Ich weiß, dass du's gut machst!« Kaum hatte er das gesagt, sprang er schon die Treppe zum Mitteldeck hinab und schrie dem Schiffsvolk zu: »Jetzt geht's um das Leben! Also zeigt, was ihr könnt! Ihr habt gesehn, was diese Hunde mit uns vorhaben. Wir werden sie entern! Damit rechnen sie nicht. Schleudert die Haken, sobald einer auf Wurfnähe heran ist. Springt auf sein Deck! Macht alles nieder!«

Die Galeeren kamen immer näher ... Eine von Lee und die andere von Luv. Man wollte sie in die Mitte nehmen!

Der Schiefhals wartete die richtige Entfernung ab. Der Namenlose stand am Ruder bereit.

Noch nicht ...

Noch nicht ...

Jetzt!

»Luvruder! Auf sie zu!«, schrie der Schiefhals und der Namenlose drückte augenblicklich mit seiner

Riesenkraft das Ruderholz herum. Der »Seewolf« schoss mit wild flatterndem Segel so plötzlich auf die Luvgaleere los, dass ihr keine Zeit zum Ausweichen blieb. Knirschend schor die Kogge längsseits, brach ihre Ruder wie dünne Stecken und schon flogen die Enterhaken. Sie waren kaum fest, da sprangen die Gesellen mit geschwungenen Handbeilen auf das Galeerendeck – allen voran Klaus Störtebeker. Damit hatten ihre Angreifer nicht gerechnet! Und auch nicht mit der wilden Wut der Likedeeler, die jetzt zeigten, dass sie den Enterkampf weit besser verstanden.

Dann aber splitterten die Planken an ihrer Leeseite und der »Seewolf« taumelte unter der Wucht des Anpralls. Die zweite Galeere hatte ihnen den Rammsporn in die Seite gebohrt!

Der Namenlose ließ das Ruderholz fahren, sprang auf das Mitteldeck ohne eine Treppenstufe zu berühren, warf einen Enterhaken, fesselte den Angreifer, bevor er den Rammsporn herausziehen konnte. Und nun kam ihnen im rechten Augenblick die »Makrele« zu Hilfe. Der gute alte Fark versteht sein Handwerk!, dachte der Schiefhals, als er erkannte, was Wichmann vorhatte: Er war mit seinem Holk ein Stück vorausgefahren, hatte gewendet, kam zurück – und krachte nun seinerseits ihrem Peiniger in die Seite! Hinter diesem Stoß saß die ganze Wucht des schweren Holks, drückte der Galeere alle Planken bis zum Kiel hinunter ein, sodass sie sofort über Heck zu sinken begann. Aus ihrem offenen Mitteldeck drang fürchterliches Geheul, schrien Menschen in Todesnot.

Das alles folgte so rasch aufeinander, dass dem Schiefhals erst jetzt siedend heiß durchs Hirn schoss, was getan werden musste. »Zimmermaat!«, schrie er mit überschnappender Stimme und als er Antwort bekam: »Los! Wir müssen unter Deck und das Leck dichten! Sonst saufen wir ab, wenn die Galeere sinkend ihren Rammsporn herauszieht.«

Zu der Zeit hatte Klaus Störtebeker schon die erste Galeere in seine Gewalt gebracht. Das spanische Kriegsvolk lag erschlagen an Deck und man war schon dabei, die toten Leiber in die See zu werfen. Jetzt erst fand Störtebeker Zeit, sich den Teufelsspuk genauer anzuschauen. Im Bauch der Galeere saßen an jedem langen Ruder drei Männer, nackt bis zum Gürtel hinab. Mussten sechzig an jeder Seite sein und alle waren sie mit eisernen Ketten an die Ruderbänke geschlossen. Aber auf der einen Seite waren die meisten tot oder krümmten sich in Blut und Schmerzen. Als der »Seewolf« die Ruder zerschmetterte, waren ihnen deren Enden mit unbändiger Wucht in die gekrümmten Rücken geschlagen und hatten vielen das Rückgrat gebrochen. Ein fürchterlicher Gestank wie aus einem Stall, der lange nicht ausgemistet worden war, zog von da unten herauf.

»Brecht los, was da unten noch lebt«, befahl Störtebeker. »Sklaven sind es! Wir nehmen an Bord, was mit uns will. Ich meine, diese Geschundenen geben gute Raubgesellen ab. Wir haben genug Leute verloren.«

Als Klaus Störtebeker an Deck des »Seewolfs« zurückkehrte, hatte die See schon ihren zweiten Angreifer verschlungen. Fark Wichmann hatte ganze Arbeit geleistet.

So gut, wie »Seewolf« und »Makrele« mit ihren Widersachern fertig wurden, gelang es ihren anderen beiden Holks nicht.

Von dem einen tauchte gerade der Mast unter, und als er sich zur Seite neigte, sah es aus, als wollte er seinen Kumpanen einen Abschiedsgruß zuwinken. Der andere Holk war auch nicht mehr zu retten. Er lag mit dem Heck tief im Wasser, streckte den Bug hoch heraus und Flammen und Rauch stiegen über die Mastspitze. Man hatte ihm Brandfackeln auf Deck und ins Segel geworfen.

War noch ein Angriff zu erwarten? Nein. Zwei Galeeren hatten »Seewolf« und »Makrele« erledigt. Von den anderen dreien musste eine beschädigt sein, denn ihre Schwestern zogen mit ihr im Schlepp davon.

»Wo ist der Schiefhals?«, schrie der Namenlose.

»Ist unter Deck mit dem Zimmermaat und dichtet unser Leck«, gab jemand Antwort.

Sie ließen die eroberte Galeere achteraus treiben. Wie ein toter Käfer lag sie auf dem Wasser, rührte keines ihrer Ruderbeine mehr. Und der vorsichtige

Dreimaster, der dem Geschehen nur zugeschaut hatte, segelte eilig seinen Gefährten nach.

»Setzt die Kleinboote aus! Fischt auf, was noch an Gesellen im Wasser schwimmt!«, befahl Störtebeker.

Der Zwerg Wigbold tauchte wieder an Deck auf, schaute sich mit furchtsamen Augen um, so als könnte er immer noch nicht an ihre Rettung glauben.

Zuletzt kam der Schiefhals aus der Unterwelt zurück und vermeldete: »Das Leck ist vorläufig gedichtet! Wir müssen aber von außenbords ein Stück Segeltuch drüberziehen.«

Von nun an zogen nur noch drei Schiffe nordwärts: eine Kogge, ein Holk und eine Schnigge. Und auf dem »Seewolf« klackte unentwegt die Pumpe.

Um das Blauwasser der Westsee wieder zu sehen, mussten sie sich jedes Mal durch schmale, gewundene Schlickrinnen nordwärts und zwischen den Inseln hindurchquälen. Sie kamen nur voran, wenn der Wind von Westen bis Süden einkam oder ihnen von Osten her in den Rücken blies, und das traf selten ein. Bei nördlichen Winden konnten sie in dem engen Fahrwasser kaum kreuzen. Sie hatten es versucht, dabei ihre Kiele auf Sand gesetzt und sich dann mühsam mit den Ankern freiwarpen müssen. Am besten fuhren sie mit gutem Wind und auflaufender Flut seewärts, hatten dann zwar den Strom gegenan, aber das Wasser spülte sie wenigstens wieder frei, wenn sie sich festliefen. Um die Wende des Jahrhunderts waren die seefahrenden Likedeeler Störtebekers und Wichmanns auf gutem Weg, Landratten zu werden; sie fraßen Geld und Raubgut nach und nach auf und die hungrigen Friesen halfen ihnen dabei. Nur wenig neue Beute kam dazu; sie reichte nicht aus die Taschen und Truhen voll zu halten.

Vor Marienhafe lagen sie, nun schon den zweiten Winter. Und wie war das gekommen? Nach ihrem reichen Raubzug auf Santiago de Compostela hatten sie sich noch ein volles Jahr an der Frankreichküste herumgetrieben, bis sie sich dort so unbeliebt machten, dass man sie jagte. Auch vor der englischen Küste hatten sie gute Beute gemacht, sodass ihre Schiffsbäuche prallvoll waren und sie tief im Wasser lagen. Aber was half es, wenn Geld und Beute sich häuften und man keine Gelegenheit bekam, den Raub zu genießen. »Die Gesellen werden missmutig und murren, wird Zeit, dass wir uns nach einem warmen Platz an Land umschauen«, hatte Störtebeker gesagt. Der Zwerg hatte sich an Gödeke Michels erinnert, der, wie er glaubte, in Friesland hinter den Inseln saß und sich's gut sein ließ. »Wir sollten es auch mal mit Friesland versuchen«, riet er. »Wo Gödeke Platz hat, werden wir wohl auch noch unterkommen.« Wenn er vorausgeahnt hätte, welchen Verdruss ihm dieser Rat noch verschaffen sollte, wäre er ihm nicht von den Lippen gekommen. Störtebeker war einverstanden gewesen. »Wir gehn nach Friesland und wollen uns da mal gehörig die Beine an Land vertreten!«, rief er dem versammelten Schiffsvolk zu. »Und sollte uns das Bier ausgehen, fangen wir uns eben ein Hamburger Schiff ein. Hamburg hat uns damals auf der roten Insel auch so gut mit seinem Gebräu versorgt. Wollt ihr das?« Und der Jubel hatte ihm gezeigt, dass er das Richtige traf. Die Gesellen brannten darauf, endlich ihre Beuteanteile unter die Leute zu bringen, und für das viele Raubgut brauchten sie Hehler. Nur in Gödeke Michels täuschten sie sich. Er war nicht da, wo sie ihn vermuteten. Gödeke liebte die See mehr als das Land; er graste

Englands Küste und Dänemarks Westseite ab, segelte sogar wieder mal nach Norwegen hinauf und ließ sich nur selten in Friesland sehen.

Nun lag die kleine Störtebeker-Flotte träge vor Marienhafe. Mit steigender Flut schwammen die Schiffe auf, drehten ihre Nasen nach See zu und zerrten unruhig an ihren Ankertrossen. Aber nur selten wurden die Spills gedreht und die Segel von den Rahen niedergelassen.

Bis auf ein paar Wachen war alles Schiffsvolk von Bord; man hatte sich im nahen Marienhafe eingenistet.

Auf dem »Seewolf« blieben nur die beiden Unzertrennlichen zurück. Der Namenlose wollte nicht unter Menschen gehen. Hier draußen in der Einsamkeit konnte er über die Wiesen streifen, ohne dass man ihn sah. Wo er war, war auch der Schiefhals zu finden; auch dem behagten das faule Leben an Land und die ungezügelten Zechgelage nicht. Ab und zu machte er sich auf den Weg nach Marienhafe, um Klaus Störtebeker Bericht zu geben, und kam mit Neuigkeiten für den Freund zurück.

Ein heißer Sommertag dörrte das Land und ließ die Luft flimmern. Der Wind hatte sich schlafen gelegt, und mit ihm schliefen die Schiffe. Es war Hohlebbe; alle lagen fast trocken im Priel und streckten ihre kahlen Masten schräg in den Himmel hinein. So warteten sie geduldig, bis die nächste Flut sie aus ihrem Schlickbett hob.

Als der Schiefhals von Marienhafe zurückkam, konnte er zu Fuß über das trockene Watt zum »Seewolf« hinüberlaufen, wo der Namenlose schon nach ihm ausschaute.

»Was gibt es Neues?«, fragte der gleich.

»Heut fließen Bier und Wein so reichlich wie noch nie«, berichtete der Schiefhals. »Klaus Störtebeker hält Hochzeit! Mit Okka, der schönen Tochter Keno ten Brokes. Dieser alte friesische Schlaukopf hat seine Tochter nicht ohne Grund verkauft und die schöne Okka wurde nicht lange gefragt, ob sie den Gemahl wollte oder nicht. Aber Klaus Störtebeker will sie; das merkt jeder. Wie ein Fürst hat er sich aufgetakelt, um seiner jungen Frau zu gefallen. Heute werden sich alle mal wieder von Sinn und Verstand saufen. Spätestens übermorgen, sag ich voraus, kommen sie hier an, um wieder Bier und Wein aus der Last zu holen.«

»Und was sagt der Zwerg dazu?«, fragte der Namenlose.

»Der macht gute Miene zu einem Spiel, das er nicht verhindern konnte. Aber seinen Missmut kann er nicht verbergen; man merkt ihm an, wie ungern er seinen Klaus mit einem Weibe teilt. ›Nun bleibt mir nur noch ein Ohr. In sein anderes möchte das Weib flüstern‹, wird er denken. – Mir scheint, Klaus Störtebeker möchte sesshaft werden, um baldmöglichst das Erbe des Friesenhäuptlings Keno anzutreten. Zurzeit helfen alle mit unseren Silberschatz aufzufressen. Und dem geizigen Zwerg tut das so weh, als würde ihm einer das Messer im Leib umdrehn.«

»Dieser gierige Friese wird Störtebekers Gutmütigkeit ausnutzen«, knurrte der Namenlose. »Und eh der sich versieht, wird er auch noch in die Händel der Friesenhäuptlinge verwickelt sein. Das wird uns Leute kosten.«

»Sie bringen sich schon wieder gegenseitig um wegen der Frauen und so mancher verscharrt seinen alten Bordgesellen bei Nacht unter einem Busch. Andere laufen davon, besonders diejenigen, die ihr Geld zusammenhielten. Sie verschwinden irgendwo in diesem weiten Land und wollen sich ankaufen für den Rest ihrer Tage.«

»Ist nicht das Schlechteste, was sie tun können.« Der Namenlose schaute sehnsüchtig über das flache, grüne Land. »Und du? Willst du nicht das Gleiche versuchen? Jetzt ist eine gute Zeit für so ein Vorhaben; wir beide sind allein an Bord und du weißt, dass ich dir helfe. Das Land wird dich aufsaugen wie den Regen nach diesem heißen Tag. Überleg's dir gut.«

»Nicht hier will ich gehn und auch nicht jetzt. Die Zeit kommt noch, wenn ich um deine Hilfe bitten muss«, erwiderte der Schiefhals.

»Du denkst an Bergen?«

»Ja, ich denk an Bergen.« Der Schiefhals zog einen Ring an einem dünnen Lederriemen unter dem Hemd heraus. Auf der bloßen Brust trug er ihn zusammen mit der Silberkette des Bergener Mädchens.

»Er geht grade über meinen kleinen Finger«, sagte er. »Ob er ihr wohl passt? Es ist kein unrechtes Gut. Ich ließ ihn von einem Silberschmied machen, dem gleichen, der den Hochzeitsschmuck für die schöne Okka fertigte, und ich entlohnte ihn gut.«

»Ein schöner Ring. Er wird ihr gefallen.« Der Namenlose gab ihm das Kleinod zurück und legte die Hand auf seine Schulter. »Du siehst sie wieder, ich weiß es.«

»Und du kommst mit mir. Ich hab mein Silber zusammengehalten und trage das meiste an mir. Geraubtes Gut ist es, aber ich will's behalten für die geraubten Jahre. – Wir könnten uns zusammen eine Schnigge kaufen, zuerst nach Bergen hinauf segeln und dann zurück nach Ribnitz, du und ich und sie …«, sagte der Schiefhals träumerisch und fand gleich wieder in die Wirklichkeit zurück: »Dabei weiß ich nicht mal, wie sie heißt.«

Der Namenlose schüttelte langsam den Kopf. »Mein Silber wirst du mit auf die Reise bekommen, aber mich nicht. Ich seh Dinge voraus. Ich habe das zweite Gesicht …«

»Und was hast du gesehen?«

»Dass die schöne Okka bald Witwe sein wird, sah ich«, gurgelte der Namenlose.

Hin und wieder gingen sie noch in See, aber der Schwung der Vitalierzeit saß ihnen nicht mehr in den Knochen. Trotzdem taten sie den Hansen noch genug Schaden an, besonders den Hamburgern und Bremern. Die Wende des Jahrhunderts brachten sie in Friesland herum. Der Namenlose und der Schiefhals hielten den »Seewolf« instand und Störtebekers jungem Maat machte es Freude, wieder mal mit Beil und Hammer am Holz zu arbeiten.

Der Winter gab sich ungewöhnlich milde, brachte nur selten Schnee und Eis und wenn, nur für kurze Zeit. So wagte sich im Frühjahr das erste Grün eher heraus und auch die Stare kehrten früher als sonst zurück. Manche Gesellen hatten das Leben an Land satt; sie kamen immer öfter an Bord, schauten sehnsüchtig auf das Wasser und fluchten über die elend lange Liegezeit.

Klaus Störtebeker ließ sich nur selten auf seinem »Seewolf« blicken. Fark Wichmann und der Zwerg Wigbold kamen häufiger. Der eine klagte voller Missmut über das faule Leben und der andere über das schwindende Silber.

»So kann's nicht weitergehn! Ich muss ein ernstes Wort mit dem Admiral reden«, sagte der Zwerg eines Tages. »Er hat nur noch diese junge Frau und das Leben eines Burgherrn im Sinn, Fark.«

»Mir behagt's auch nicht, wie's jetzt geht. Das ist kein Leben für einen Seefahrer«, war Fark Wichmanns Antwort.

Der Vollmond stand über Keno ten Brokes Wasserburg und leuchtete die vielen Löcher und Risse in

Mauern und Dächern aus. Mit der Burg stand es nicht zum Besten; sie machte einen verwahrlosten Eindruck, als ob man dort die Dinge treiben ließ. Und so war es auch.

Im Burgsaal brannten die Holzkloben in der Feuerecke. Der Rauch musste sich seinen Weg zwischen den Balken zu irgendeinem Loch hinaus suchen. Die Frauen waren zur Ruhe gegangen. Nur die Männer saßen noch beim Becher am Tisch.

Zum letzten Mal – jetzt sag ich's ihm! Das verdammte Weib ist nicht dabei … Und wenn er es nun nicht begreift, dass wir hier verfaulen und unser gutes Geld langsam auffressen, will ich mich nach einem anderen Schiff umsehen. Gödeke hat mir schon vor Jahren einen Part angeboten. So dachte der Zwerg, aber laut sagte er: »Ist dir eigentlich klar, Klaus Störtebeker, dass wir bald beim letzten Fass Wein angelangt sind?«

»Steht es so schlimm mit uns, Kleiner?«, antwortete der Riese mit schwerer Zunge.

»Schlimmer noch! Unser Silber nimmt nur noch ab, ohne dass wir die Kisten wieder auffüllen, denn kein reicher Raubzug gelang uns in letzter Zeit. Das Leben an Land frisst uns auf, sag ich dir!«

Wenn von Geld und Gut die Rede war, wurde der listige Keno ten Broke hellhörig. Daran hatte er früher heftigen Mangel gelitten und erst seitdem er einen Seeräuber als Tochtermann hatte, ging es ihm gut. Und was musste er jetzt hören? Das Geld wurde weniger und auch der Wein? Darum hatte er seine schöne Tochter nicht an den Räuber verkauft.

»So weit darf es nicht kommen, lieber Eidam. Da muss etwas geschehen zu unserem Besten«, ließ der alte Keno seine krächzende Stimme vernehmen. »Denkt an meine Okka, Euer schönes junges Weib! Und auch an der Burg wär so manches zu tun, wozu Geld nötig ist. Wer wie ein Herr leben will, braucht ...«

»Halts Maul, Alter!« Klaus Störtebeker ließ seine Faust schwer auf den Tisch niederfahren und wischte sich die Spinnweben des Weinnebels aus dem Gesicht. »So weit sind wir noch nicht, dass wir ein Armeleuteleben führen müssen! Klaus Störtebeker wird die Hansen wieder das Fürchten lehren. Morgen lichten wir die Anker und werden sie rupfen wie in guten alten Tagen.«

»Das wird auch Zeit, Klaus!«, sagte Fark Wichmann ungewöhnlich scharf. »So darf es nicht weitergehn mit uns. Wir verlieren die Seebeine, wenn wir nur tatenlos herumlungern. Immer mehr Gesellen laufen uns davon. Fast ein Drittel der Mannschaft hat dieses verdammte Friesland schon geschluckt. Unsere Leute schwinden wie Schnee an der Märzsonne.«

»Das wird nun anders, Fark!«, versprach der Riese und alle hörten seiner Stimme an, dass er mit einem Schlag nüchtern geworden war.

Und es wurde anders.

Am nächsten Morgen nahm Klaus Störtebeker Abschied von der schönen Okka. Mit frischem Wind und auflaufender Flut segelte die kleine Flotte durch das gewundene Fahrwasser nach See zu. Nur drei Schiffe waren es. Mehr hatte ihnen das spanische Abenteuer nicht gelassen.

»Wir steuern zuerst die Eider an, wollen Schiffsvolk werben«, bestimmte der Admiral. Seine Stimme schallte wieder so laut über das Deck wie in alten Tagen. Der Seewind hatte allen Weinnebel der Landliegezeit im Nu aus seinem Schädel gefegt. »Was sagt unsere Kasse? Reicht das Silber noch zum Handgeld für die neue Mannschaft?«, fragte er seinen Ratgeber. »Wir brauchen wieder eine zweite gute Schnigge und eine schnelle Kogge wollen wir uns auch einfangen. Die Flotte muss größer werden!«

»Für das Handgeld langt es und für manches andere auch. Aber wenn ich nicht meine Hände auf das Silber gehalten hätte, wäre unsere Kiste jetzt leer und wir säßen auf dem Trockenen«, greinte Zwerg Wigbold.

»Ach was!«,lachte Störtebeker. »Wer ein junges Weib freit, muss sich den Spaß etwas kosten lassen.

Und leicht gewonnenes Geld gibt sich auch leichter aus als sauer verdientes.«

»Mag alles gut sein, solange immer genügend Silber nachkommt – daran vergaßest du zu denken, Klaus Störtebeker. Und dein gieriger Schwiegervater, Keno ten Broke, wird uns teuer mit seiner verfallenen Wasserburg und seinen ewigen Kleinhändeln mit den anderen Friesenhäuptlingen. Der alte Säufer kostet uns noch mehr als seine schöne Tochter.«

»Gib Ruhe, Kleiner! Wir wollen nicht an gestern denken. Heute gehört uns die Welt. Gottes Freund und aller Welt Feind!«, schrie der Riese und alle hörten den Wahlspruch.

»Gottes Freund und aller Welt Feind!«, jauchzten die Raubgesellen Antwort.

»Klaus hat wieder große Pläne im Kopf«, sagte wenig später der Schiefhals zu seinem namenlosen Freund. »Tut, als kämen wieder goldene Zeiten für uns Likedeeler. Von einer größeren Flotte redet er. Glaubst du daran?«

»Es kommt, wie's kommen muss«, gurgelte der Narbengesichtige.

»Du vertraust deinem zweiten Gesicht?«

»Ja. Nur du wirst davonkommen.«

So dachte in diesem Jahr der eine mehr an das Ende und der andere immer wieder an einen neuen Anfang – an ein Mädchen in Bergen, dessen Namen er nicht wusste …

Noch hatten sie Glück, lauerten oft vor Englands langer Küste, taten da manch guten Fang. Auch in der Elbmündung, vor Hamburgs Haustür, trieben sie ihr Unwesen. Und bald tönten wieder die Klagen der geschädigten Kaufleute aus den Stadtmauern weit ins flache Land hinaus.

»Er ist wieder da, der Störtebeker«, flüsterten sich die Leute zu. Nun hatten sie wieder etwas, was von den täglichen Nöten ablenkte, und dazu schaurigen Gesprächsstoff für die Abende.

Bei einem Neuwerker Fischer klirrte wieder manch Silberstück in die vergrabene Kruke und auch an der Küste blieb Geld für gute Nachricht hängen. Nur die Helgoländer gingen ziemlich leer aus. Störtebeker stapelte sein Raubgut nicht mehr auf der roten Insel; er kehrte von Zeit zu Zeit nach Friesland zurück und legte es in Keno ten Brokes Speicher, wo sich der raffgierige Friese und seine Tochter an den aufgehäuften Schätzen erfreuten. Dem alten Keno stand das Grinsen breit im Gesicht, denn er brachte heimlich einen Teil des Raubguts beiseite. Sie wird wohl nicht ewig dauern, diese schöne Räuberzeit, in der das Geld einkommt, ohne dass ich einen Finger rühren muss, dachte er, will lieber rechtzeitig für einen guten Notpfennig sorgen …

Mit dem Schiffsvolk hatte Störtebeker keine Not. Viele neue Gesellen nahmen den Dienst, leisteten willig den Räuberschwur, als sich ihr Glück herumsprach. So brachten sie den Sommer herum, waren mit dem Erfolg zufrieden. Sogar Zwerg Wigbold lachte wie in früheren Zeiten: Es lohnte sich wieder, die Beute heimlich zusammenzurechnen.

Der Herbst kam näher. Bis zu den ersten Stürmen war es nicht mehr weit hin. Dann würde das Wasser kochen vor ihren Inseln, wenn es aus West oder Nordwest stürmte, dann steilten sich die Grundseen vor den Sanden auf, bereit, jedes Schiff zu zerschlagen, das sich in ihr Reich verirrte.

Anfang September war es. Das Wetter zeigte sich besonders freundlich, wollte den Küsten der Westsee noch schöne Tage bescheren, bevor es Sturm blasen musste.

»Wir sollten noch einen letzten guten Raubzug tun, bevor wir uns für den Winter zur Ruhe setzen«, meinte Klaus Störtebeker. Auch Magister Wigbold riet dazu. Wenn die Kisten von Silberlingen überquollen, konnte es ihm recht sein. Nur der zahnlose Keno dämpfte seine Vorfreude.

Der Alte lässt sich seine Tochter zu hoch bezahlen, dachte der Zwerg missmutig, schwatzt dem gutmütigen Klaus mehr ab, als ihm zukommt für den Unterschlupf in seiner wurmstichigen Burg. Wär dieses schöne Weib nicht, könnte ich Klaus wohl dazu bringen, dass wir uns den lästigen Keno vom Halse schafften.

Böse Pläne wälzte Zwerg Wigbold da in seinem Hirn …

Groß war der Holk von Lubberke Overdiek gerade nicht, aber er nährte redlich seinen Mann. In Stade war das Schiff zu Hause und Lubberke trieb regen Handel mit der Emsmündung, versorgte die Gegend mit gutem Hamburger Bier, das einen besseren Ruf hatte als das Bremer, nahm Tuche, Wachs und Salz als Beiladung von Hamburg mit und brachte Butter, Rauchspeck und viele Last Getreide als Rückfracht. Er war einer, der immer glücklich fuhr, der Lubberke. Darum war's weiter nicht verwunderlich, dass er seinen alten Holk »Der glückliche Fahrensmann« getauft hatte.

Es sollte seine letzte Emsreise sein in diesem Jahr. Sechzehn Last Bier hatte das Schiff geladen, dazu achtzig Tonnen mit Salzhering und in Stade waren noch recht ein paar Stapel gutes Rindsleder dazugekommen.

Anfang September machte »Der glückliche Fahrensmann« die Leinen in Stade los. Bis Cuxhaven brauchte er länger als gewöhnlich, denn der Nordwestwind sprang ihn genau von vorn an. Den Flutstrom konnte er nicht totsegeln; so musste der Ebbstrom voranhelfen und alle sechs Stunden warf man den Anker aus, um das Kentern der Tide abzuwarten.

Für Lubberke Overdiek bedeutete das nichts Neues. Er war ein alter Hase in der Küstenfahrt zwischen Hamburg und Ems – so oft hatte er diesen Weg schon hinter sich gebracht. Lubberke nahm Wind und Wetter, wie es kam, und regte sich nicht groß auf, wenn's mal quer lief … »Der Mensch muss sich mit dem zufrieden geben, was ihm der Himmel beschert. Da hilft nichts zu!«, sagte er mehr als einmal zu seinem Schiffsvolk, wenn ihm ihr Gefluche über den schiefen Wind zu viel wurde. Und so fuhren sie allzeit glücklich mit ihrem zufriedenen Schiffer.

Bei Neuwerk klemmte sich »Der glückliche Fahrensmann« um den gefährlichen Sand herum, auf dem schon so manches Schiff ein frühes Ende gefunden hatte. Was ihnen der Nordwestwind elbauswärts angetan hatte, machte er jetzt wieder wett. Er füllte ihr Segel mit dem guten halben Wind, schob Lubberkes kleinen, behäbigen Holk mit einem weißen Schaumbart nach Südwest.

Um diese Zeit liefen zwei Hamburger Schniggen mit viel Kriegsvolk an Bord aus Cuxhaven aus. Man hatte einen Vergeltungszug gegen die Plagegeister vor.

»Der Störtebeker ist wieder in der Gegend, das wisst Ihr doch hoffentlich, Schiffer?«, sagte Elias Bossel, Lubberkes Maat.

»So? Ist er das?«, brummte Lubberke Overdiek und freute sich über ihr prall gefülltes Segel.

»Und was ist, wenn wir ihm begegnen?«

»Wie soll ich wissen, was dann ist? Und warum sollten ausgerechnet wir diesen Räuberkönig treffen!«, antwortete sein Schiffer gemächlich. Aber diesmal täuschte sich Lubberke Overdiek.

Der, von dem sie sprachen, war mit seiner Flotte beim ersten Hahnenschrei ausgelaufen und auf dem Weg zur Elbmündung, wo er den einen oder anderen Hansefahrer abzupassen hoffte. Und so kam es, dass Lubberke Overdieks friedfertiger, kleiner Holk und Klaus Störtebekers beutelüsterner Schwarm aufeinander zusteuerten.

»Segel rechts voraus!«, meldete das Krähennest des »Seewolfs«.

»Der glückliche Fahrensmann« hielt sich dicht an die Inselküsten. Er hatte gerade eine hinter sich gebracht und steuerte auf die Nordhuk der nächsten zu. Ein Krähennest besaß Lubberkes Holk nicht, deshalb sah er die Segel ein wenig später.

»Drei Segel rechts voraus!«, schrie der Ausguck von dem kleinen Vorderkastell des Holks her.

Elias Bossel sah seinen Schiffer bedeutsam an: Ist er es oder ist er es nicht? Was nun?, sollte dieser Blick heißen.

»Mhmm …«, machte Lubberke Overdiek und übereilte nichts.

»Verdammt! Die Kogge führt eine schwarze Flagge im Topp!«, brüllte der Ausguck entsetzt.

»Fall ab nach Lee!«, befahl Lubberke dem Rudersmann. »Wollen zusehen, dass wir hinter die Insel ins Flachwasser kommen. Das Wasser läuft ab. Vielleicht können wir ihm zwischen den Sanden entwischen.«

»Teufel noch eins!«, fluchte Störtebeker im gleichen Augenblick. »Der Bursche will uns im Flachwasser wegrennen!«

»Das Beste, was er tun kann«, bemerkte der Schiefhals. »Wir kennen uns da nicht so gut aus und könnten schneller auf Sand geraten, als uns lieb wär.«

»Beidrehn! Sofort beidrehn!«, befahl Störtebeker. Ihm war eine Möglichkeit eingefallen, wie man dem Ausreißer beikommen konnte. »Wir geben Mannschaft an die Schnigge ab. Die hat geringen Tiefgang, kann ihm nach und ihn greifen, den schlauen Satan. Wir kommen dann hinterher.«

Wenig später hatten sie die Schnigge längsseits. Auch Peter Pries, ihr Schiffer, verstand sein Handwerk. An die fünfundzwanzig Gesellen sprangen über, und kaum war der letzte an Deck, legte die Schnigge schon wieder ab.

»Schont die Mannschaft! Wir brauchen Leute!«, gab der Riese ihnen mit auf den Weg. Peter Pries würde seine Sache gut machen, das wusste er. Er war einer der beiden Maate, die damals in der Eidermündung zu ihnen übergingen.

»Nur ein Schiff kommt uns nach. Ist 'ne Schnigge«, sagte Elias Bosse! unsicher.

»Mhmm …«, machte Lubberke Overdiek wieder, denn er musste mehr nach vorn als nach achtern Ausschau halten, wollte er die Einfahrt in die Rinne nicht verpassen. »Vielleicht kann ich die Brüder auf den Sand locken«, murmelte er.

»Und wenn nicht? Was tun wir, wenn sie uns entern, Schiffer?«

»Dagegen können wir nichts tun, Elias«, antwortete Lubberke Overdiek ruhig. »Die sind uns über. Vielleicht sind sie nur auf unsere Ladung scharf und lassen uns sonst zufrieden. Aber noch ist es ja nicht so weit. Sag trotzdem dem Schiffsvolk Bescheid, sie sollen sich ruhig verhalten.«

Peter Pries ließ sich nicht auf den Sand locken. Er war ein ebenso erfahrener Küstenschiffer wie Lubberke Overdiek. Darum fuhr er mit der Schnigge genau im Kielwasser des kleinen Holks. Wenn der genügend Wasser unter dem Kiel hatte, reichte es auch für ihn, rechnete er, und trotzdem ließ er noch unentwegt das Lot werfen. So schob er sich immer näher an sein Opfer heran.

»Ihr habt gehört, was der Admiral sagte – hebt keine Hand gegen das Schiffsvolk! Sperrt sie unter Deck! Es werden nicht viele sein, denk ich«, schärfte Peter Pries seinen Gesellen ein.

Auf Lubberkes Holk wäre man ruhiger gewesen, hätte man seine Befehle mithören können.

»Wir sollten lieber im Tiefwasser warten!«, warnte der Schiefhals. »Peter Pries wird gut ohne uns fertig.«

Ach was«, meinte Störtebeker. »Ich will wenigstens zusehn, wenn ich schon nicht selber entern kann.«

Und laut brüllte er: »Lotgäste an die Rüsten! Singt mir die Tiefen aus!«

Der Schiefhals behielt recht.

Eben waren es noch sechs Faden, dann nur noch drei und dann kam schon der Stoß. Der Bug bäumte sich auf. Sie saßen fest! Fark Wichmann, der mit etwas Abstand hinterhersegelte, sah das und tat, was ein guter Seefahrer tun muss, will er nicht selber auf Sand geraten: Er schoss sofort in den Wind und ließ den Anker ausrauschen.

»Fark Wichmann muss uns freischleppen!« Klaus Störtebeker wendete sich an den Schiefhals. »Setz das Kleinboot zu Wasser, schaff rasch die dicke Tross zur ›Makrele‹ rüber!«

Es musste schnell gehen, wollten sie den »Seewolf« frei haben, denn die Ebbe sog ihnen das Wasser unter dem Kiel weg. Und es ging schnell. Sie belegten die Tross am Mast und sobald sie klarzeigten, holte Fark Wichmann das Segel steif. Auf die Tross kam Zug. Alle Gesellen hatten sich auf dem Achterkastell zusammengedrängt, damit das Heck tiefer eintauchte und der Bug höher kam. Mit einem plötzlichen Ruck glitt der »Seewolf« von der Sandbank herunter.

»Das ging noch mal gut«, knurrte der Riese.

»Er hat ihn! Peter Pries ist bei dem Holk längsseits!«, kreischte der Zwerg.

Eine gute Stunde kreuzten sie zwischen den Inseln im Tiefwasser hin und her und hielten sich auf der

Stelle. Aber die Schnigge kam nicht mit der Prise zurück. Beide Schiffe lagen nebeneinander und rührten sich nicht von der Stelle.

»Denen ist das Wasser unter dem Kiel weggelaufen. Es wird später Abend werden, bevor die Flut sie so weit gehoben hat, dass sie segeln können.«

»Wir fahren nach Hause!«, befahl Störtebeker, den die schöne Okka heimwärts zog. »Peter Pries kommt ohne uns zurecht, Leute hat er ja genug. Und seinen Stall findet er auch allein wieder.«

Im Laderaum war es finster; keiner sah den anderen. Die Räuber hatten das Luk wieder geschlossen, nachdem sie sich drei Fass Hamburger Bier an Deck geholt hatten. Nach dem Gegröle und Fußgetrappel über ihren Köpfen zu rechnen, musste es ihnen schmecken.

»Jetzt saufen sie unser Bier«, seufzte Elias Bosse!

»Soll ihnen gegönnt sein. Dass sie uns am Leben ließen, ist mehr wert«, sprach Lubberke Overdiek in die Dunkelheit hinein.

»Warum wohl?«, fragte eine junge Stimme ängstlich. Das war der Schiffsjunge.

»Was meinst du damit, Hinrich?« Lubberke kannte seine Leute.

»Warum haben die uns wohl am Leben gelassen, mein ich? Das tun die doch sonst nicht.«

»Von Klaus Störtebeker sagt man, dass er das Schiffsvolk schont.« Das war wieder der alte Elias.

»Um es in seine Dienste zu nehmen«, sagte eine andere Stimme heiser.

»Freut euch erst mal, dass ihr lebt«, tröstete Lubberke Overdiek sein Schiffsvolk. »Bis jetzt ist uns das Glück immer zu Hilfe gekommen, wenn wir es am nötigsten brauchten. Darauf lohnt sich zu hoffen und das wollen wir tun!« So redeten die Gefangenen unter Deck.

Auf Deck hatte Peter Pries seine liebe Not mit den Raubgesellen. Sie schütteten sich bis oben hin mit Bier voll und ihm tat es leid, dass er die Fässer freigegeben hatte. Als dann die Flut die Schiffe aus dem Schlickbett hob, brachte er nur mit Mühe genug Männer auf die Beine, um beide Schiffe in Fahrt zu bringen.

»Der Admiral wird uns den Hals umdrehn, wenn wir noch eine Tide hier sitzen bleiben!«, schrie Peter Pries seine Gesellen an. Weit kamen sie nicht, schafften eben den Weg zwischen den beiden Inseln hindurch ins Freiwasser hinaus. Dann musste Peter Pries einsehen, dass man mit betrunkenem Schiffsvolk nicht durch die Nacht segeln konnte. Da der Wind sanft blies und kein Sturm zu befürchten war, hielt er es für besser, vor der Inselküste zu ankern.

Unten im Schiffsbauch sagte Elias Bossel verwundert: »Wir liegen ja schon wieder vor Anker!«

»Zum Segeln sind sie wohl zu besoffen. Und sie saufen immer noch, hört ihr's?«, vermutete Lubberke Overdiek und traf das Richtige.

Als der Mond aufging, waren die drei Fass Hamburger Bier leer; auf beiden Schiffen lagen die Raubgesellen wie tot auf den Planken und schliefen ihren Rausch aus.

Mit dem ersten Morgenlicht, der Dunst hing noch über dem Wasser, näherten sich die zwei Hamburger Schniggen, sahen die schwarze Flagge im Topp und gingen bei beiden Schiffen längsseits. Ehe die Likedeeler auf den Beinen waren, hatten die erbitterten Hamburger sie schon überwältigt. Was sich wehrte, wurde niedergehauen. Den Rest schlugen sie in Fesseln.

Fußgetrappel? Waffengeklirr? Das hörte sich ja ganz nach einem Kampf an! Aber wer kämpft gegen wen? So rätselten die Gefangenen unter Deck.

Als es oben ruhiger wurde, erfuhren sie es. Das Luk wurde aufgerissen und eine Stimme schrie nach unten: »Lebt ihr noch? – Dann kommt an Deck! Ich bin Heinrich Jenefeldt und alle zusammen sind wir gute Hamburger.«

»Hab ich's nicht gesagt? Das Glück kommt, wenn man's am nötigsten hat! Außer drei Tonnen Bier haben wir nichts zugesetzt und noch drei Tonnen will ich unseren Rettern gern ausgeben.«

So sprach Lubberke Overdiek, der Glückliche, und stieg als Letzter ans Tageslicht, wie es einem braven Schiffer zukommt.

Auf Keno ten Brokes Burg erfuhren sie nicht vor Jahresende, was ihrer Schnigge geschah. Einer, der aus Oldenburg kam, brachte Nachricht mit. In allen Hansestädten an der Küste, sagte er, jubelten die Bürger, dass man gut fünfzig von Klaus Störtebekers Raubgesellen mitsamt ihrer Prise fing. Man hätte kurzen Prozess mit ihnen gemacht.

»Wie konnte Peter Pries sich so schändlich überrumpeln lassen? Sie müssen sich von Sinn und Verstand gesoffen haben, anders kann's nicht angehen!«, giftete der Zwerg Wigbold.

»Peter Pries war ein guter Mann, hielt fünf Jahre treu zu uns bis zu seinem Ende. Wir wollen sein Fell versaufen. Das hat er verdient«, sagte der Riese rau. Und dann soff er sich von Sinn und Verstand. Fünf Tage lang. Aber das änderte auch nichts. Zwei Schiffe waren dem Admiral nur von der ganzen Flotte geblieben: sein eignes und die »Makrele«.

Das alte Lotterleben riss über Winter wieder ein. Klaus Störtebeker behängte seine Okka mit Schmuck und Flitter und Magister Wigbolds Miene wurde dabei immer finsterer.

Er ist über das Beste weg. Klaus Störtebekers Stern sinkt, dachte er mehr als einmal.

Anfang Februar traten zwei Ereignisse ein, die für den weiteren Verlauf der Dinge wichtig werden sollten.

In einer sternklaren Februarnacht starb die schöne Okka einen frühen und unerwarteten Tod. Damit hatte sich der Namenlose vertan: Nicht Okka wurde zuerst Witfrau – Klaus Störtebeker wurde Witwer!

Keno ten Brokes Tochter starb unter fürchterlichen Krämpfen mitten in der Nacht, nachdem sie am Abend noch fröhlich einen Becher Wein getrunken hatte und ihrem Gemahl dabei wieder ein schönes Geschenk abschmeichelte.

Niemand konnte ihr helfen. Auch der Magister nicht, selbst wenn er es gewollt hätte. Schließlich hatte er das Gift reichlich bemessen …

Der Riese wurde toll vor Schmerz, tobte tagelang herum und war nicht zu bändigen. Dann saß er am Tisch, redete zu niemandem ein Wort, stierte vor sich hin und hob nur den Kopf, wenn er wieder einen Becher Wein in sich hineinschütten wollte. Dem alten Keno ten Broke wurde dieser Gast unheimlich; er überlegte, wie er ihn wohl loswerden könnte. Fark Wichmann, der Treue, schüttelte mitleidig den Kopf über seinen besten Kumpanen. Und der Zwerg dachte: Ich muss langsam vorsorgen, dass er mich nicht mit in den Abgrund zieht.

Das zweite Ereignis war die Ankunft von Gödeke Michels. Er kam mit drei Schiffen, denn Klaus Scheld suchte inzwischen sein Räuberglück auf eigene Faust. Klaus Störtebeker begrüßte seinen alten Raubgenossen ohne Begeisterung.

»Was ist mit dem los?«, fragte Gödeke den Zwerg, als sie allein waren, und der berichtete ihm, was geschehen war, ohne dabei seinen Anteil zu nennen. Sie redeten eine Weile und zum Abschied sagte Gödeke: »Bis morgen!«

Es wurde ein kurzer Besuch. Mit dem ersten Licht hob der alte Likedeeler die Anker und segelte wieder davon. Mit ihm verschwand Magister Wigbold, Klaus Störtebekers bester Ratgeber. Und mit dem Zwerg verschwand noch ein gut Teil Silber, den er rechtzeitig beiseite gebracht hatte.

Der Riese wurde weiß im Gesicht, als er von diesem Verrat erfuhr, schleuderte den Becher gegen die Wand und schwor Rache. Noch war ihm Fark Wichmann geblieben. Und so wie ihm der erste Schicksalsschlag mit Okka die Besinnung nahm, gab ihm der zweite wieder Kraft und Verstand zurück.

»Fark! Wir nehmen mit, was uns gehört, und kehren auf die rote Insel zurück. Ich will diese verfluchte Wasserburg nie wiedersehn!«

Das Netz zu Klaus Störtebekers Verderb wurde an verschiedenen Orten geknüpft. In Hamburg wirkte man am eifrigsten daran. In Cuxhaven tat man etwas dazu und ein Neuwerker Fischer steuerte ein paar Maschen bei, von denen noch niemand etwas ahnte. Simon von Utrecht ließ in Holland einen großmächtigen Holk erbauen, stärker als alles, was bis heute auf See schwamm. Das war der Anfang. Als der Neubau fertig war, ließ er ihn nach Hamburg versegeln, bot ihn dem Rat zur Charter an. Auf die Art bekam die Hansestadt Hamburg ihr bestes Orlogschiff gegen die Seeräuberplage in die Hand.

Im Frühjahr war es und im zweiten Jahr des neuen Jahrhunderts. Die Schifffahrt hatte gerade wieder begonnen. Die Elbe zeigte kein Eis, denn der Februar brachte nur wenig Schnee und keinen Frost mehr.

Das lange Hafenbollwerk stand dicht gedrängt voll Neugieriger. Hamburgs Bürger wollten ihre Frede-flotte abfahren sehen. Das ließen sie sich nicht nehmen! Hamburg allein hatte die Schiffe gestellt und an nichts gespart. Die besten Schiffer! Die schwersten Bliden, die die Decks tragen konnten! Über vierhundertfünfzig Kriegsknechte, und nicht die schlechtesten! Und keine andere Hansestadt hatten sie dafür angebettelt! Darauf taten sich die Hamburger etwas zugute.

Nur drei Schiffe zerrten ungeduldig an den Festmacheleinen – aber drei prächtige und starke Schiffe! Bei allen wehte stolz die Hamburger Flagge im Topp aus, alle hatten den Bug elbabwärts auf See zu gedreht. Mit einsetzender Ebbe wollten sie die Leinen losmachen. Sogar der Hamburger Rat war fast vollständig versammelt ihnen den gebührenden Abschied und Glück mit auf den Weg zu geben.

Der mächtige Holk lag gleich als erstes Schiff am Bollwerk. »›Die durch die See brausende bunte Kuh mit den starken Hörnern‹! Hat man schon mal so einen langen Wurm von Schiffsnamen gehört?«, sagte der Braumeister Volker Volksen und seine Stimme dröhnte wie ein Nachtwächterhorn über die Menge hin.

»Gott bewahre! Da wird dem armen Störtebeker schon allein vor dem Namen angst und bange werden!«, spottete der Küfermeister Johann Leppin.

»Hoffentlich spießt diese Kuh mit den starken Hörnern nicht die eigenen Schiffe auf!«, schrie jemand von hinten.

»Spotten ist leicht, wenn man seine Haut nicht zu Markte tragen muss«, grollte der Schmied Köhlbrand. »Für die Bliden hab ich die Eisenbeschläge gemacht.« Er drohte mit seinem nackten Arm auf See zu. »Gäb was drum, wenn ich selber mitfahren könnte, um den Hunden meinen schwersten Hammer auf die Köpfe zu haun. Meiner Schwester in

Schwabstedt haben sie den Ältesten umgebracht. Vor zwei Jahren war's.«

»Dann müsste ich auch mit auf die Seeräuberjagd«, dröhnte Volker Volksen wieder. »Mag der Himmel wissen, wie viel von meinem guten Bier diese Schweinebande aussoff ohne zu zahlen. Und einen Teil vom Verlust musste ich selber tragen. Trotzdem bleib ich lieber an Land. Mit meinem Bauch bin ich den andern beim Kampf bloß im Weg. Hahaha!«

Sein Lachen kullerte über das Bollwerk hin.

»Davon wurde der dicke Volksen gewiss nicht arm«, flüsterte ein Brauknecht seiner Frau ins Ohr.

Der Schneidergeselle Brüggemann, der aus Dithmarschen zugewandert war, machte sich trübe Gedanken. Was ist, wenn sie Störtebeker und seine Kumpane wirklich fangen?, dachte er. Dein leiblicher Bruder ist einer von denen ... Floh bei Nacht und Nebel, erschlug seinen Dienstherrn mit dem Eichenknüttel, weil er seine Braut anfasste. Aber sie werden es mir ankreiden. Ich bitte zu Gott, dass sie den Magnus nur tot kriegen ...

»Der dicke Simon macht sein Geschäft dabei, sag ich! Der lässt sich eine aasige Pacht von der Stadt Hamburg für sein Schiff bezahlen«, flüsterte der Tuchhändler Lührmann dem Färber Wittmack zu.

»Na und«, brummte der bleiche Wittmack. »So viel steht jedenfalls fest: Ohne den dicken Simon von Utrecht hätte Hamburg kein so starkes Orlogschiff wie diese ›Bunte Kuh‹.Und das brauchen wir, wenn's wirklich helfen soll. Also soll man ihm auch seinen Verdienst gönnen. Oder gebt Ihr vielleicht Euer Tuch umsonst her?« Und ärgerlich dachte er: Dieser verdammte Lührmann müsste erst mal seine Rechnung bezahlen, bevor er sich um anderer Leuts Verdienst das Maul zerreißt.

So gab jeder Bürger den drei Schiffen andere Reden und Gedanken mit auf die Fahrt, aber die meisten hofften, man möge die Räuber fangen. Wer dem Handel Schaden antat, schädigte auch Handwerker und Bürger, und wenn es denen schlecht ging, wurde auch den Gesellen und Lehrlingen der Brotkorb höher gehängt.

Nichts war der Hansestadt Hamburg in diesem Jahr 1402 wichtiger als mit ihrer schlimmsten Plage aufzuräumen: Hamburg musste dem Bür-ger, dem Handel und dem Seefahrer den Frieden zurückgeben – darum zog man gegen den Seeraub in den Krieg. Der erste Ebbstrom begann schon zu ziehen.

Hamburgs Bürgermeister Terbrüggen reichte den vier Hauptleuten Herrmann Nynkerken, Nikolaus Schoche, Herrmann Langhe und Simon von Utrecht seine magere Hand. Nynkerken befehligte die »Bunte Kuh«, Langhe und Schoche die anderen beiden Holks. Der dickleibige Simon von Utrecht stieg nur als Zuschauer ein; er wollte miterleben, wie sein gutes Schiff mit der Seepest aufräumte.

»Hamburg wünscht Euch Glück zu Eurem tapferen Vorhaben, Ihr Herren«, begann Bürgermeister

Terbrüggen mit dünner Stimme seine Abschiedsrede. »Es wird Zeit, höchste Zeit, dass wir mit dem Raubgesindel aufräumen, gründlich aufräumen. Darüber herrscht bei Rat und Bürgern Einigkeit, hm, volle Einigkeit.« Er wendete sich zu den Ratsherren hin, die ernst mit den Köpfen nickten. »Aber –«, Terbrüggen hob den Zeigefinger, »vor allem bringt uns die Räuber lebend! Wir wollen ihnen den Prozess machen und Zeugen bestellen für ihre Untaten. Das ganze Land soll ihre Frevel erfahren, bevor sie uns dafür mit dem Leben büßen. Bedenkt, Hamburg setzt große Hoffnung auf Euch und Eure Schiffe. Und geb Gott, dass Ihr sie nicht enttäuscht!«

»Das sieht dem Alten ähnlich, ihnen diese fromme Mahnung noch mit auf den Weg zu geben! Nun muss er noch so lange zittern, bis sie mit der Seeräuberfracht zurück sind, denn wenn es schief geht, wackelt sein Bürgermeisterstuhl«, flüsterte Bertram Bolander seinem Ratsbruder Gert Spielmann zu.

»Das weiß der alte Brüggemann nur zu gut. Schließlich hat man ihm mehr als einmal vorgeworfen, dass er dem Räubertreiben zu lange tatenlos zuschaute. Und er verlor immer mehr Freunde im Rat«, flüsterte Gert Spielmann zurück.

Die vier Hauptleute gingen stramm als Letzte an Bord ihrer Schiffe. Die Gangplanken wurden eingeholt; die Festmachetaue flogen über die Schanzkleider; die Segel fielen von den Rahen und flatterten wild, bis sie zum Wind getrimmt waren.

Dann zog Hamburgs Stolz elbabwärts.

Martin Prott, Cuxhavens Hafenmeister, hatte alle Hände voll zu tun. Und was er zu tun hatte, brachte ihm wenig Lob, dafür aber viel Verdruss ein: Er musste in dem engen Hafen Platz schaffen für drei große Hamburger Holks. Morgen sollten sie einlaufen und wie lange sie blieben, war ungewiss.

»Kann einer denn nicht mal in Ruh und Frieden seine Fracht ausladen und einen drauf trinken, ohne dass man gleich wieder rausgejagt wird? Was soll der Unfug!«, beschwerte sich ein Stader Ewerschiffer.

»Meinst du, mir macht das Spaß? Ich hab meine Order gekriegt und tu, was ich tun muss, verdammt noch mal!«, brüllte Martin Prott wütend. »Sieh zu, dass du mit der ersten Flut nach Hause kommst, und sag gleich in Stade Bescheid, dass Cuxhaven für 'ne ganze Zeit gesperrt ist!«

»Für wie lang denn?«, knurrte der Stader.

»Für drei, vier Wochen, für ein halbes Jahr oder meinetwegen auch für drei Tage. Was weiß ich!«, bellte der Hafenmeister giftig zurück. »Mir sagt ja keiner was! Mir hängt man bloß die Scherereien um den Hals!«

Für Martin Prott dauerte der Ärger den ganzen Tag über an. Er scheuchte die Fischerboote in eine Ecke zusammen und wer keinen Platz mehr fand, musste sich eben elbaufwärts in einen Priel verkriechen. Kraier und Schuten wurden eilig ausgeladen und gleich wieder aus dem Hafen gejagt, damit das Bollwerk frei blieb. Die Neuankömmlinge durften gar nicht erst festmachen; er schickte sie gleich weiter. Kein Wunder, dass sich Martin Prott an einem Tag mehr Ärger einhandelte als sonst in einem ganzen Jahr.

Erst bei Dunkelheit konnte er seinen Ärger mit Hamburger Bier runterspülen und das beruhigte ihn wenigstens – schließlich waren ja auch die Hamburger an dem ganzen Wirrwarr schuld.

Und etwas anderes freute ihn: Er brauchte sein Bier nicht einmal zu bezahlen! Klas Neelsen, ein Neuwerker Fischermann, hielt ihn frei.

»Warum macht man so viel Rummel, Martin? Sind doch bloß drei Hamburger Holks, die da kommen! Und du tust grad so, wie wenn der Gottorper Herzog zu Besuch kommt! – Noch 'ne Kanne für den Hafenmeister!«, rief Klas Neelsen dem Wirt zu.

Martin Prott wartete mit der Antwort, bis der frisch gefüllte Krug vor ihm stand, und nahm zuvor noch einen durstigen Zug. »Na ja«, sagte er langsam. »Spätestens morgen weiß es jeder: Das sind keine gewöhnlichen Schiffe, diese Hamburger, es sind Orlogschiffe. Und was für welche! Eins davon is' so groß wie zwei andere. Und Kriegsknechte so viel, dass einer sie nicht zählen kann. So viel hab ich zu wissen gekriegt.«

»So ist das also«, nickte der Neuwerker und reckte dann neugierig den Hals. »Und was haben die drei vor?«

»Den Störtebeker sollen sie greifen oder diesen Gödeke Michels. Am liebsten alle beide. Störtebeker kreuzt seit einiger Zeit wieder vor der Haustür. Das weiß man. Aber mit diesen starken Schiffen wird der nicht fertig. Das bedeutet sein Ende, sag ich dir.«

Zur Nacht wickelte sich Klas Neelsen auf seinem Boot in das Segel ein. Keine schlechte Nachricht!, dachte er zufrieden und der Gedanke an ein besonderes, ein doppeltes Geschäft spukte von nun an in seinem Kopf herum.

Mit der Ebbe kam er in Neuwerk an, machte sein Boot fest und stiefelte eiliger als sonst an dem hohen Vierkantturm vorbei auf sein kleines Haus zu.

»Gibt Neuigkeiten, Frau«, sagte Klas Neelsen noch in der Tür.

»So?«, antwortete die Frau nur und rührte weiter in dem Eisenkessel herum, der an Kette und Haken über dem offenen Feuer hing. In dem niedrigen Raum roch es scharf nach Rauch und die Deckenbalken waren schwarz vom Ruß.

Klas Neelsen fiel schwer auf die Bank, zerrte sich die langen Stiefel von den Beinen, vertauschte sie mit den Holzklotzen, bevor er weiterredete: »Dass du's weißt, Frau – die Hamburger machen jetzt ernst damit, den Störtebeker, unsern Wohltäter, zu fangen. Man schnappt 'ne Menge auf, wenn man 'n paar Pfennige springen lassen kann, um anderer Leuts Zungen zu schmiern. Hab dem Hafenmeister ein paar Bier ausgegeben und ihm aus der Nase gezogen, was ich wissen wollte. – Was gibt's zu essen?«

»Grütze und Bier! Gut genug für uns kleine Leute.«

Die Frau nahm den Kessel vom Haken, ohne dass der Mann auch nur eine Hand rührte, um ihr zu helfen. Dann stützte sie die Hände müde auf den Tisch und sagte: »Hoffentlich fangen sie ihn, Mann! Ich bin froh, wenn dein gefährlicher Handel mit dem Seeräuber endlich aufhört. Dass es Blutgeld ist, was du uns ins Haus bringst, schert mich wenig. Aber jedes Mal muss ich Angst ausstehn, ob du auch wiederkommst, wenn du dich mit ihm triffst. Wie leicht kann er dich zum Räuberdienst pressen, weil er knapp mit Leuten is', oder dir noch Schlimmeres antun. Mag gar nich' dran denken! Ich bitt dich, Mann, lass ab von dem Schandhandel, bevor er ein schlimmes Ende nimmt. Wir kommen auch so zurecht, haben ja noch einen guten Rest in unserem Pott.«

Klas Neelsen strich sich nachdenklich den Bart.

»Einmal will ich noch an dem verdienen. Nur noch einmal. Und ich weiß auch, wie ich's vorhaben muss.« Er beugte sich über den Tisch, und wenn auch außer der schwarzweißen Katze sonst niemand im Haus war, flüsterte er dennoch: »Hör zu, Frau, und vergiss gleich wieder, was ich dir jetzt verrat: Das soll der letzte Handel sein, den ich mach mit dem. Hab noch nich' alles erzählt, was ich in Cuxhaven zu wissen kriegte. Da lauern jetzt drei Hamburger Frede-schiffe auf den Störtebeker. Eins davon soll riesengroß sein. Und alle drei bis oben hin voller Kriegsvolk. So viel Gewappnete bringt der Likedeeler nich' auf die Beine. Der is' geliefert, wenn sie ihn finden, sag ich dir, Frau. Und ...«

Klas Neelsen sprang von der Bank, öffnete die Tür und ging einmal rund um sein Haus. Er wollte sicher sein, dass keine fremden Ohren in der Nähe waren. Dann erst setzte er sich wieder an den Tisch und redete weiter: »Und dass die Hamburger ihn finden, dafür will ich schon sorgen, Frau! Von heut an muss ich ihn abpassen, den Störtebeker. Und wenn ich sein Schiff seh, steig ich an Bord, um ihm eine letzte gute Nachricht zu verkaufen. Irgendwas muss ich ihm vorlügen, ihm das Maul wässerig machen – nur damit er vor Anker bleibt! Von den Hamburger Schiffen, die auf ihn lauern, sag ich nix. Ich halt die Hand auf und mach, dass ich von Bord komm, und dann ...«

»Was dann?«, fragte die Frau ängstlich.

»Dann verkauf ich seinen Hals in Cuxhaven an die Hamburger. Für die wird das ein guter Handel und für mich auch. Das bringt uns den Notgroschen ein, den Leute wie wir brauchen.«

»Das kann dich den eignen Hals kosten!«

»Sei still!«, herrschte Klas Neelsen seine Frau an. »Du sollst es ja nicht tun! Ich hab die Männerhosen an, weiß, was ich tu und lass, verdammt! Wir armen Leute müssen das Silber aufpicken, wo's uns vor die Füße rollt. Wir kommen sonst nie zu was. Und nun sieh zu, dass unser Essen auf den Tisch kommt!«

Klas Neelsens Frau gehorchte wortlos.

Der »Seewolf« und Fark Wichmanns »Makrele« ankerten in Sichtweite der Insel Neuwerk und der Flutstrom, der aus der Elbmündung kam, gurgelte an den Schiffsseiten entlang. Noch blies der Wind frisch von Westen her, aber sein Atem wurde schwächer, je weiter er auf Süd herumdrehte. Der Himmel hing tief und sandte die ersten Regenschauer. Ein trübes Wetter war es und trüb sah es auch in dem Riesen Klaus Störtebeker aus. Mit zerfurchtem Gesicht wanderte er auf dem Achterkastell hin und her.

»Warum ließ er mich im Stich? Mich, seinen alten Freund, der ihm immer den Willen ließ? Verdammt soll er sein, der Verräter …«, murmelte er immer wieder vor sich hin. Mal krampfte er dabei die Hände um das Schanzkleid, dass die Knöchel weiß heraustraten, mal schlug er auf das seewassergebleichte Holz, um seiner Qual Luft zu machen.

War Wut in ihm? Oder Trauer? Beides war's! Bald überwog das eine, bald das andere.

Seine Augen waren ohne Feuer und dunkle Tränensäcke hingen herunter. Vom Wein konnte er nicht mehr lassen, saß manche Nacht allein am Tisch in der Achterkajüte, leerte Becher um Becher, redete mit sich selber und jagte wirren Gedanken nach. Die schöne Okka erschien ihm, Weddemunkel stieg aus der See und oft glaubte er den Zwerg Wigbold zischeln zu hören, als stünde er wieder neben ihm. Nur selten waren es Träume von Macht und Größe, Träume eines Meerkönigs, in die er sich einspann. Viel eindringlicher flüsterte ihm die Wahrheit zu, was er nicht gern hörte: Du bist ein Admiral ohne Flotte, Klaus Störtebeker! Bist kein König der Westsee mehr! Sie haben dich aus deinem Reich verjagt und nun hockst du wieder auf der roten Felsenburg und möchtest das Schicksal wenden. Aber du bist schwach geworden, ohne Saft und Kraft, seit dir das Glück den Rücken kehrte, dir Okkas Schönheit und Jugend nahm und die Listen des Zwergs. Gödeke hat sich von dir getrennt … Nein, sei ehrlich, Klaus Störtebeker – Gödeke Michels hast du nie unter deinen Willen zwingen können, wie du es gern getan hättest. Und jetzt hat er dir deinen Magister genommen. Warum verriet der Kleine dich? Weil er dir kein Glück mehr zutraute – darum! Nur Fark Wichmann ist dir geblieben, der treue alte Fark. Und er wird bei dir bleiben, wohin du auch gehst. Der Namenlose … Aber dessen Herz hast du nie besessen, das gab er dem Schiefhals. Sei ehrlich, wenn du sonst nichts gefürchtet hast auf der Welt – vor ihm, dem Narbengesicht, hattest du eine heimliche Furcht. Der Schiefhals … Aus dem ist ein Seefahrer geworden, wie man sich keinen besseren wünschen kann für ein Schiff. Aber ein Raubgeselle wurde er nicht …

Du bist nicht Gottes Freund, Klaus Störtebeker. Du bist nur aller Welt Feind! flüsterte die Wahrheit hartnäckig. Und noch etwas bekam er zu hören: Du hast es falsch vorgehabt, Klaus Störtebeker! Hättest es machen sollen wie einige deiner alten Vitalienbrüder. Die dänische Margret hat Otto Peccatel, den Mecklenburger Hauptmann, zum mächtigen Herrn gemacht, ihn mit der Hauptmannschaft über Nordfinnland belehnt. Hendrik von Brandis gab sie den königlichen Hof Hussaby. Und den tolldreisten Arend Styke, den Kumpanen von dem Abenteuer bei Dalerö, hat sie zum Hauptmann auf Schloss Nyköping gemacht. Dieser hochmütige Mandüvel soll auch auf seine Kosten gekommen sein …

Du hättest eben rechtzeitig auf den besseren Kurs eindrehen sollen, Klaus Störtebeker!, flüsterte die Wahrheit bedauernd. Wärst du am Ende mit den Siegern gesegelt und nicht gegen sie – was dann, Klaus Störtebeker? Vielleicht säßest du jetzt auch auf einem Herrenstuhl, wie du immer gern wolltest.

Und wenn ihm die Wahrheit so die Ohren voll gedröhnt hatte, dass er sie nicht mehr ertragen konnte, goss sich der Riese bis oben hin voller Wein, bis sein schwerer Leib rücklings von der Bank auf die Bodenplanken fiel. Da blieb er liegen, bis der Namenlose von seinen rastlosen Gängen an Deck zurückkam, ihn in die Koje schleifte und dabei Unverständliches vor sich hin gurgelte.

»Fischerboot in Luv! Hält gerade auf uns zu!«, rief der Schiefhals, der es vom Achterkastell aus früher sah als der Ausguck oben im Krähennest. Unsere besten Leute sind dahin, dachte er, in Bergen geblieben, in Spanien und mit Peter Pries umgekommen.

»Winkt ihn längsseits!«, befahl Störtebeker und fand aus seinen Wachträumen in die Wirklichkeit zurück. »Das könnte der Neuwerker sein. Vielleicht bringt er uns gute Botschaft.«

In der Kajüte setzte er dem Fischer einen ordentlichen Humpen Wein vor, dass ihm die Neuigkeiten leichter von der Zunge gingen.

»Worüber redet man an der Küste?«, fragte Störtebeker harmlos.

»Worüber man immer redet, über Wind und Wetter, über ein- und auslaufende Handelsfahrer«, gab der Neuwerker ebenso harmlos Antwort und fügte vorsichtshalber noch hinzu: »Und über Geld natürlich!«

Klaus Störtebeker schenkte nach und vergaß auch den eignen Becher nicht. »Rede nur weiter, Mann. Ich hör dich gern sprechen.«

»Mit jeder Flut können zwei Englandfahrer einkommen. Haben gut verkauft in London. Das Hamburger Bier gilt dort viel. Möcht ihre Schiffskassen wohl haben.« Der Neuwerker lachte breit und dachte: Kannst zufrieden sein mit dir, Klas, machst deine Sache gut.

»Sprich weiter!«

»Nun, ja, brachte gestern Fisch nach Cuxhaven und saß mit einem Schiffsmann beim Bier. Der war mit seinem Holk ein paar Tage früher aus London abgesegelt und sein Bruder fährt als Maat auf einem von denen – Ihr wisst schon – und der sagte ihm, dass sie auch bald versegeln wollen, sobald die Ladung im Bauch ist … Einer schnappt manches auf, wenn er Geld hat, mal einen auszugeben.«

Der Neuwerker hielt den Becher wieder hin und begoss sein Märchen mit einem guten Schluck. Er beißt an, dachte er zufrieden. Dann mochte auch das andere Geschäft glücken.

»Ich werd dafür sorgen, dass der Zapfhahn auch weiter für dich fließt, Fischermann«, sagte Klaus Störtebeker. Er hatte den Wink wohl verstanden. »Und was erzählt man sich noch so?«

»Tja … Da ist noch das Neuwerker Versorgungsschiff, bringt alles, was die Inselbesatzung braucht für ein halbes Jahr, und das faule Kriegsvolk lebt nicht schlecht. Ach ja – was ich sagen wollte: Das Schiff ist überfällig, sollte längst da sein. Sie haben schon einen Boten übers Watt rüber nach Cuxhaven geschickt und von da musste ein Fischer mit dem Boot elbauf, um den Hamburger Herrchen zu sagen, dass ihre Neuwerker Knechte Hunger haben. Muss mit jeder Ebbe kommen, das gute Schiff, wird höchste Zeit, sonst frisst das Kriegsvolk noch uns paar armen Leuten auf der Insel das Letzte vom Tisch …« Der Neuwerker redete, als wüsste er nicht, mit wem er den Wein am Tisch trank. Als er die Faust um Störtebekers Silber schloss, stand er auf und meinte: »Will noch mal nach Cuxhaven und mich umschaun. Und wenn der Versorger da liegt, muss er morgen wohl mit der Ebbe runterkommen. Ich komm wieder, wenn es was Lohnendes gibt.«

Auf dem »Seewolf« schaute man ihm nach, bis der Dunst Boot und Segel geschluckt hatte. Der Neuwerker war mit sich zufrieden. Die erste Hälfte des Handels hatte er fein hinter sich gebracht. Unterwegs konnte er sich Gedanken machen, wie er am besten mit den anderen Herren fertig wurde.

Die Hamburger Fredeflotte machte sich seit ein paar Tagen in Cuxhaven breit. Man wollte besseren Wind und gute Sicht abwarten und dann versuchen die Likedeeler in Helgoland oder an der friesischen Küste aufzustöbern. Der große Holk mit dem langen Namen hatte viel neugieriges Volk auf das Hafenbollwerk gelockt und sie bestaunten, was sie nie zuvor gesehen hatten: ein haushohes Schiff, von dessen Decks große Bliden drohten. Und die beiden anderen Holks waren auch nicht gerade klein.

Klas Neelsen lief mit der letzten Flut ein. Störtebekers Silber hatte er schon in der Tasche; hier wollte er mehr holen. Er nahm sich kaum Zeit, sein Boot anständig zu vertäuen, so eilig hatte er es mit dem doppelten Geschäft. Ich will's schnell hinter mich bringen, dachte Klas Neelsen, und dann verhol ich mich in einen Priel und wart ab, bis sie das Räubervolk erschlagen haben oder in Fesseln anbringen.

Die Deckswache der »Bunten Kuh« wollte ihn gleich wieder von Bord jagen, als er über die Gangplanke kam. Schließlich durfte nicht jeder ihr weiß gescheuertes Deck betreten und ein dreckiger Fischermann schon gar nicht. Der hier behauptete aber, er hätte eine wichtige und brandeilige Botschaft für ihren Schiffshauptmann, der sie gewiss prügeln lassen würde, wenn sie ihn nicht vorließen. So brachten sie ihn lieber in die Achterkajüte.

»Da will Euch jemand sprechen, Herr, sagt, es ist wichtig«, meldete einer dem Schiffshauptmann Herrmann Nynkerken.

»Lass ihn rein!«, befahl der.

Vier Männer saßen in der prächtig eingerichteten Kajüte vor den Bechern. Die Hamburger ließen sich nichts abgehen. Außer Hauptmann Nynkerken saßen noch Herrmann Langhe und Nikolaus Schoche am Tisch und der tonnenbäuchige Simon von Utrecht.

Der Neuwerker tappte steifbeinig herein, riss seine Kappe vom Kopf und drehte sie verlegen in den Händen herum. Diese stolzen Schiffsherren verschafften ihm noch mehr Unbehagen als ein stolzer Seeräuberhauptmann. Aber wer auf Silber aus war, musste schon etwas wagen, war seine Meinung.

»Wer bist du?«, fragte Nynkerken barsch.

»Nur ein Fischer, Herr, ein Neuwerker.«

»Und was hast du Wichtiges zu sagen, Mann?«

»Eine gute Nachricht bring ich Euch, Herr. Eine so gute, mein ich, dass Ihr sie mir gewiss mit Silber lohnt«, sagte Klas Neelsen eifrig.

»Auf die Art nicht, Kerl! Erst die Ware, dann das Geld!, heißt es bei uns. Und wenn die Ware nichts wert ist, geben wir keinen roten Heller!«, dröhnte Simon von Utrechts Stimme so laut, dass draußen die Deckswache aufmerksam wurde und nun an der Kajütstür horchte.

»Sag, was du zu sagen hast!«, forderte Nynkerken den Fischer auf. »Wenn deine Nachricht von Wert ist, sind wir nicht knauserig.«

»Klaus Störtebeker ankert vor Neuwerk!« Jetzt war es heraus.

Als wär der Blitz unter sie gefahren – so starrten die vier Herren den Neuwerker an. Der rotgesichtige Nikolaus Schoche stellte seinen Becher hart auf das Tischholz zurück, dass der rote Spanienwein überschwappte.

»Das ist die verdammt beste Kunde, die ich seit Langem hörte!«, schrie er.

Draußen vor der Tür flüsterte der eine dem anderen zu: »Störtebeker vor Neuwerk! Hast du's gehört?« Und der andere zischelte: »Still! Wir wollen mehr hören, eh wir's vorn verbreiten.«

»Die verdammt beste Kunde – wenn er die Wahrheit sagt, Nikolaus«, meinte Herrmann Langhe trocken.

Hauptmann Nynkerken beugte sich über den Tisch und sah den Fischer scharf an. »Ist das wahr? Woher hast du diese Nachricht, Mann?«

»Ich – ich war selbst bei ihm an Bord, bei Störtebeker, mein ich, Herr …« Der Neuwerker fuhr sich mit der Zunge über die trockenen Lippen. Irgendwie muss ich es andersherum erzählen. Sie dürfen nicht ahnen, dass ich mit dem Geschäfte machte, dachte er.

»Weiter! Wir wollen mehr wissen! Alles, hörst du!«, bellte Simon von Utrecht ihn an.

»Er, Störtebeker, rief mich längsseits.« Der Neuwerker wusste wieder, wie er sich's auf der Hinfahrt zurechtgelegt hatte. »Ich dachte: Das ist einer, der Fisch von dir will! Ja, so dachte ich. Konnte ja nicht wissen, mit wem ich's zu tun kriegte. So stieg ich an Bord und da wollte mir schier das Herz stillstehn: Jetzt wusste ich, wo ich gelandet war – auf Störtebekers Deck! Bei dem gottsverfluchten Räuberhund! Ist ja überall herumgegangen, wie der aussieht. Die Beine zitterten mir vor Angst. Fehlte nicht viel, da hätt ich in die Hose geschissen, Ihr Herrn!«

»Was wurde geredet? Sprich weiter!«, knurrte Nikolaus Schoche.

»Er wollte von mir wissen, ob Englandfahrer gemeldet sind, der Riese. Hab gehört, dass zwei kommen sollen. Bald!, log ich ihm vor in meiner Angst. Und auch der Neuwerker Versorger soll kommen, log ich noch dazu und machte 'ne Geschichte drum

rum, dass er's glaubte. Dabei ist der Versorger schon vor vier Wochen in Neuwerk gewesen. Aber der Störtebeker nahm mir ab, was ich ihm erzählte. Da wurde mir gleich besser zu Wege, sagte ihm noch, dass ich in Cuxhaven reinschaun wollte und mit Nachricht zurückkomm, wenn's Neuigkeiten für ihn gibt. Ja, genau das sagte ich, Ihr Herren.« Klas Neelsen fuhr sich mit dem Handrücken über die tropfnasse Stirn, bevor er zu Ende brachte, was er sich vorgenommen hatte. »Dann ließ mich der Räuber laufen und ich rechnete mir aus, dass ich's mit der letzten Flut noch bis hierher schaffen konnte. Wollte Euch doch die gute Botschaft zubringen. Das mit den Englandfahrern band ich dem Störtebeker auf, dass er vor Anker bleibt, bis Ihr kommt. Daran tat ich doch recht?«

Da nickten alle Herren am Tisch und Klas Neelsen wagte wieder an seinen Lohn zu denken. Draußen nahmen die beiden Deckswachen ihre Ohren vom Türholz. Sie hatten genug gehört und einer rannte gleich nach vorn ins Logis, um die Neuigkeit unter das Schiffsvolk zu bringen. Denn es war eine gute Neuigkeit für sie – hatte doch der Hamburger Rat ein Kopfgeld auf jeden Seeräuber ausgesetzt, ob tot oder lebendig.

»Und wie viele Schiffe zählt Störtebekers Flotte?«, stellte Herrmann Nynkerken seine letzte Frage.

»Nur zwei, Herr, mehr nicht«, versicherte Klas Neelsen eilig.

»Dann ist er so gut wie erledigt«, sagte Nikolaus Schoche zufrieden. »Wir haben gewiss weit mehr als das Doppelte an Gewappneten an Bord.«

Herrmann Nynkerken war ein redlicher Mann; er warf dem Fischer einige Silberstücke in die Kappe.

»Seid Ihr nicht ein bisschen leichtgläubig, Nynkerken?«, brummte Simon von Utrecht unwillig. »Was ist, wenn der Mann uns anlog, so wie er diesen Störtebeker angelogen haben will. Irgendwas ist faul an dieser Geschichte ...«

»Gott soll mich strafen! Auf der Stelle, wenn ich nicht die reine Wahrheit erzählt hab, verdammmich!«, schrie Klas Neelsen.

»Wenn es anders ist, werden wir dich schon finden, Kerl, und dafür sorgen, dass du dein Boot und dein Fischrecht verlierst!«, drohte ihm Nikolaus Schoche.

»Behalten wir den Fischermann doch einfach an Bord«, schlug Herrmann Langhe vor. »Lügt er, haben wir ihn gleich am Kragen. Und lügt er nicht, was wir ja hoffen, kann er uns an Ort und Stelle lotsen. Er muss am besten wissen, wo die Seeräuber ankern, wenn er sie sah.«

Damit waren alle einverstanden, nur Klas Neelsen nicht.

»Lasst mich von Bord gehn, Ihr lieben Herrn!«, jammerte er. Ich bin Fischer und kein Kriegsmann wie Ihr. Ich hab Weib und Kinder zu Hause.« Die Kinder hatte er dazugelogen, denn die waren längst aus dem Haus.

»Weib und Kinder haben wir auch«, antwortete Herrmann Nynkerken ruhig. »Wenn es zum Kampf kommt, magst du gern unter Deck gehen. Nur hinbringen wirst du uns. Dabei bleibt es! Und wenn wir den Störtebeker fangen, will ich noch einmal an deine Hilfe denken und aus meiner eigenen Geldkatze ein paar Silberstücke drauflegen.« Hauptmann Nynkerken erhob sich, riss die Tür zum Deck auf. »Wache! Nehmt diesen Mann in Verwahr, bis wir in See gehen! Gebt ihm zu essen, aber behandelt ihn gut. Wir brauchen ihn nötig.« Klas Neelsen musste sich in sein Schicksal fügen.

Am nächsten Morgen, als der Ebbstrom richtig zog, setzte die Fredeflotte Segel. Der Himmel hing wie dicker, grauer Brei über den Toppen und die Hamburger Flaggen wehten lustlos aus. Der Dunst lag auf dem Wasser, sodass sie nur ein paar Schiffslängen voraus sehen konnten.

»Und wenn wir sie nun bei der schlechten Sicht verpassen? Was dann?«, jammerte Klas Neelsen, der zwischen Herrmann Nynkerken und Simon von Utrecht auf dem Achterkastell der »Bunten Kuh« stand.

»Bring du uns hin, dann werden wir sie auch nicht verpassen«, sagte Nynkerken. »Wir haben drei Mann oben im Krähennest und fünf Ausgucks auf dem Vorderkastell und das sind unsere besten Augen an Bord. Sie werden uns jeden Schatten melden.«

»Aber sperr auch deine eignen Augen gut auf, Fischermann, will ich dir raten!«, setzte Simon von Utrecht vorsichtshalber noch als Drohung dahinter.

Der Wind war nur flau, aber der Ebbstrom schob sie gut voran.

Der Dunst hatte die Insel Neuwerk ganz und gar verschluckt, denn der saftlose Wind konnte ihn nicht davonjagen.

Klaus Störtebeker stiefelte unentschlossen auf dem Achterkastell hin und her. Am liebsten wäre er Anker auf gegangen, um die Englandfahrer, von denen der Fischer sprach, schon bei dem roten Felsen abzufangen. So wenig behagte ihm das Warten und Stillliegen. Aber die schlechte Sicht und der lustlose Wind sprachen dagegen; beides reichte für einen Fehlschlag aus. Sie konnten die Englandfahrer und die Insel im Dunst verpassen. Hier mochte ihnen die Beute auch ungesehen vorbeikommen, wenn man sie aber sichtete, entwischte sie ihnen nicht so leicht, denn das Fahrwasser wurde enger zwischen den Sanden der Elbmündung. Und dann war noch das Neuwerker Versorgungsschiff zu bedenken ... Vielleicht brachte der Fischer auch Nachricht aus Cuxhaven.

»Setzt das Kleinboot aus!«,befahl Störtebeker. Sobald sich der Dunst ein klein wenig hob, wollte er zusammen mit dem Schiefhals eine Erkundungsfahrt machen.

Das Boot wurde ausgeschwungen, zu Wasser gesetzt und in Windlee vertäut.

Aus der Fahrt wurde nichts. Klaus Störtebeker zögerte zu lange. Seitdem der Zwerg Wigbold nicht mehr wie ein Schatten hinter ihm stand, war er schwankend in seinen Entschlüssen und blieb nie lange bei einer Sache.

Auf dem Vorderkastell bohrten der Schiefhals und der Namenlose ihre Augen in den Dunst hinein.

»Was will er mit dem Boot? Doch wohl bei der Sicht nicht das Schiff verlassen? Man merkt, ihm fehlt seine Ratte, der Zwerg«, knurrte der Namenlose.

»Admiral darf er sich auch nicht mehr nennen – zwei Schiffe machen keine Flotte. Nur Fark Wichmann blieb ihm treu«, sagte der Schiefhals darauf.

»Er ahnt, was ich weiß – das Ende rückt näher«, murmelte der Namenlose.

»Und darum verließ die Ratte noch rechtzeitig das sinkende Schiff.« Dem Schiefhals gab es einen Ruck. Er kniff die Augen zusammen. Ein Schatten! Voraus! Ein Schiff? Ja, ein Schiff!

»Segel etwas in Luv voraus!«, schrie er so laut, dass alle es vernahmen.

»Alle Mann an Deck!«, pfiff im gleichen Augenblick der Namenlose.

»Hievt den Anker aus dem Grund! Lasst fallen das Segel!«, brüllte Klaus Störtebeker über das Deck hin und etwas von der alten Wildheit lag in seiner Stimme.

Das Segel konnten sie gerade noch fallen lassen, aber ihren Anker bekamen sie nicht mehr hoch. Zu schnell war der hohe Rumpf des fremden Holks in Luv neben ihnen! Zu schnell krachte ein riesiger Schiffsrumpf gegen ihre Seite, sodass der »Seewolf« mit den Planken knirschte und stöhnte.

Dann kam es anders, als sie es gewohnt waren: Diesmal strömte die Flut der Gewappneten von dem höheren Deck auf das niedrige, auf den »Seewolf«. Sie waren weit in der Überzahl, die anderen, so wie sie einst in der Überzahl waren, wenn sie einem Kauffahrer zu Leib gingen. Die Bliden schleuderten Steine auf sie, die aber über ihr Deck hinwegfegten und ihre Wucht nur am Wasser ausließen. Klaus Störtebeker wurde mit der ganzen Mannschaft auf dem Mitteldeck zusammengedrängt. Seine gewaltigen Hiebe mit dem Langschwert schafften zwar Luft um ihn herum, aber wo einer fiel, tauchten zwei andere auf.

Der Namenlose und der Schiefhals hatten das Achterkastell des »Seewolfs« für sich allein. Acht hansische Knechte hatte der Narbengesichtige mit seiner gnadenlosen Stange zu Tode gebracht und zwei über das Schanzkleid ins Wasser geworfen, nachdem er ihnen die Waffe aus der Hand geschlagen hatte. Und zweien von dem Dutzend schleuderte der Schiefhals seine Wurfeisen in die Brust, sodass ihm nur noch eins blieb. Die Hansen auf dem Achterkastell der »Bunten Kuh« sahen, wie furchtbar der Mann mit der Stange wütete. Und als er sein zerstörtes Gesicht zu ihnen aufhob, mit der Stange drohte, glaubten sie den Teufel selber zu sehen. Keiner getraute sich mehr, auf dieses Achterkastell zu springen. So gab es einen Augenblick Ruhe für die beiden Freunde und die nutzte der Namenlose.

»Dich kriegen sie nicht!«, gurgelte er. Mit den Worten hob er den Schiefhals wie eine Feder über das Schanzkleid, ließ ihn in Koggen-Monks Boot fallen, schnitt die Leine los und warf noch seinen Silberbeutel hinein, bevor der Flutstrom es abtrieb. »Grüß Bergen!«, rief er dem Schiefhals nach und hob zum Abschied die Hand.

Als der Namenlose sich umdrehte, sah er, dass der Kampf auf dem Mitteldeck zu Ende ging. Die meisten Gesellen, soweit sie nicht erschlagen waren, wurden gerade gebunden. Den Riesen Störtebeker fiel ein halbes Dutzend Männer an, riss ihn von den Beinen, dass er lang auf die Planken schlug. Nun kamen sie zu ihm. Aber ob sie allein oder zu dritt und viert die Treppe zum Achterkastell stürmten, der Namenlose fegte sie alle herunter. Bald wagte sich niemand mehr an einen heran, der aus der Hölle kommen musste.

»Ergib dich, Mann!«, schrie ihm Herrmann Nynkerken zu.

»Wir bekommen dich doch, und wenn ich deinetwegen das Schiff in Brand stecken sollte!«

»Schaut meine Fratze an! Ich weiß, wie Feuer schmeckt«, rief das Narbengesicht. »Ihr bekommt mich nicht!« Und dieses eine Mal kamen seine Worte klar und deutlich aus seinem zerschundenen Mund.

Er setzte die Eisenstange auf die Decksplanken, schwang sich damit über das Schanzkleid und er hielt sie noch mit beiden Händen über den Kopf, als das graue Wasser über ihm zusammenschlug …

Der Flutstrom sog den Schiefhals in den Elbtrichter hinein. Er war frei. In Koggen-Monks Boot war er zu Klaus Störtebeker an Bord gekommen. In Koggen-Monks Boot ging er auch wieder von Bord.

... und so ging es zu Ende:

Im Oktober 1402 war es und gleich nach Feliciani.

Hamburgs Glocken läuteten Sturm.

Über alle Dächer brandete ihr gewaltiger Chor, füllte Straßen und Gassen, flog mühelos über den Ring der Stadtmauer und zerflatterte weit draußen vor den Toren zwischen Wiesen und Äckern.

Die Hansestadt Hamburg hielt Gericht: Der Seeräuber Klaus Störtebeker und neunundsechzig Spießgesellen wurden heute durch das Schwert vom Leben zum Tode gebracht.

Vier Stufen ging es hinab in die Spelunke am Hafen, einen schmalbrüstigen Raum. Man konnte in jede Ecke spucken. Die Deckenbalken hingen so tief, dass ein Kerl von sechs Fuß nicht vergessen durfte rechtzeitig den Nacken krumm zu machen. Das Torffeuer schwelte und der Rauch stach in die Augen. Der Wirt, ein verschlagenes Pockengesicht auf einem Tonnenkörper, lauerte im Halbdunkel neben dem Bierfass.

Nur ein Gast saß auf der Bank vor einem Krug. Er lauschte mit schwarzen Gedanken in den Glockensturm hinaus und ließ darüber sein Gebräu schal werden. Seinen Kopf trug er seltsam schief auf den Schultern und sein Gesicht war zwischen jung und alt.

Der Namenlose ließ sich nicht fangen. Das weiß ich, dachte er. Nach einer Weile schlich das Pockengesicht mit Katzenschritten aus seiner Ecke.

»He, Mann!«, dröhnte seine Stimme plötzlich hinter dem Gast. »Schmeckt dir mein Gebräu nicht? Ist gutes Hamburger Bier, passt auf jeden Bürgertisch. Selbst unser Rat säuft kein besseres.«

Der Schiefhals schnellte herum. Bei all dem Glockengedröhn und dem Wirrwarr seiner Gedanken musste der Wirt ungehört in seinen Rücken gelangt sein.

»Wirt!«, sagte er. »Mach, dass du hinter meinem Rücken herauskommst! Rasch! Ich leide zwar Sonne und Wind in meinem Nacken, aber nichts, was sich auf zwei Beinen bewegt.«

»Ist ja schon gut, Maat«, beruhigte ihn das Pockengesicht, trat aber augenblicklich an den Tisch, stützte die Schlächterarme auf das schmierige Holz und zeigte warnend seine Muskelstränge. »Du hältst es ja mächtig mit der Vorsicht, Fremder. Tust vielleicht gut daran, das will ich zugeben. Wer länger leben will, sollte immer wissen, was hinter seinem Rücken vorgeht. Besonders in diesen Zeiten.« Dabei schaute er seinem Gast lauernd ins Gesicht. Gesehn hab ich diesen Schiefhals schon mal, dachte er, aber wo?

Der Schiefhals starrte vor sich auf die Tischplatte und erwiderte kein Wort.

»Diese siebzig da drüben auf dem Grasbrook«, versuchte der Wirt das Gespräch weiterzuspinnen, »dieser Störtebeker und seine Kumpane haben sich wohl zu wenig drum geschert, was sich hinter ihren Rücken gegen sie zusammenbraute. Darum darf ihnen der Henker auch heute die Hälse durchschlagen.«

»Woher hast du deine Weisheiten?«, knurrte der Schiefhals ohne den Kopf zu heben.

»Vor meiner Tür drängen sich Masten genug. Schiffe kommen, Schiffe gehen. Und wer wie ich die durstigen Kehlen versorgt, hört eben viel.«

Der letzte Glockenton rollte über die Dächer. Hamburgs Glocken schwiegen zum Zeichen für den Nachrichter, nun mit seiner blutigen Arbeit zu beginnen.

Der Schiefhals tat etwas, was er lange nicht mehr getan hatte; er kreuzte die Hände und murmelte Worte vor sich hin, die nach einem Gebet klangen.

»Jetzt kullern ihre Köpfe«, meinte das Pockengesicht genüsslich. »He! Was ist mit dir los? Du betest? Für die auf dem Grasbrook? Das wird ihnen auch nicht mehr helfen. Sie haben die Hölle verdient.«

»Halts Maul!«, sagte der Schiefhals eisig. »Sprich lieber für dich selber ein Gebet, wenn du eins weißt. Denn grad du siehst mir nicht nach einem aus, der ins Paradies gehört.«

Der Wirt schlurfte verdrießlich in seine Ecke zurück.

Aber lange hielt er es dort nicht aus. Die Neugier, mehr über diesen sonderbaren Gast zu erfahren, trieb ihn wieder an den Tisch zurück und er ließ seine Schwatzmühle von Neuem anlaufen.

»Du bist keiner von hier. Woher kommst du, Maat?«

»Von irgendwoher«, war die Antwort.

»Du bist einer, der sich viel auf dem großen Wasser herumgetrieben haben muss. Das seh ich an Augen und Haut. Hab ich recht?« Wieder musterte er seinen Gast und sprach aus, was er vorher nur gedacht hatte: »Einen Schiefhals wie dich hab ich vor Jahren mal getroffen, das weiß ich genau. Weiß nur nicht, wo das gewesen ist.«

»Streng deinen Kopf nicht unnötig an, Wirt«, sagte sein Gast. »Es gibt mehr Schiefhälse im Land.« Seine Stimme barg eine leise Warnung.

»Ganz Hamburg ist auf den Beinen«, steuerte der Wirt nun das Gespräch in ein anderes Fahrwasser. »Häuser und Gassen sind menschenleer. Was Hosen und Röcke trägt, will Blut fließen sehn. Selbst die Kinder. Denn geil rieselt es allen über den Rücken, wenn es rot quillt. Hauptsache, man selber ist nicht das Schwein, das abgestochen wird. – Und warum bist du nicht auf dem Grasbrook, wo jetzt die Köpfe rollen?«

»Hab genug Blut gesehn. Bin nicht scharf auf mehr«, sagte der Schiefhals. »Und du, Wirt? Warum lässt du dir das Schaustück entgehn? An einem Gast kann dir doch nicht gelegen sein!«

»An einem nicht, stimmt. Ich warte auf die vielen Gäste, die sich durch meine Tür drängen, wenn sie sich an Blut satt gesehn haben. Blut schafft Durst und den können sie bei mir löschen.«

Der Schiefhals sparte sich die Antwort, sodass sich das Pockengesicht beklagte: »Verdamm mich, Maat! Dir muss man ja jedes Wort mit dem Feuereisen von der Zunge holen.« Er nahm den Krug vom Tisch, um ihn voll zu zapfen aus dem Fass in der Bodenluke, und schob dann seinem Gast wieder einen gefüllten Krug vor die Hände. »Da! Das geb ich aus! Damit's dir die Zunge schmiert.«

»Ich zahl, was ich trinke.«

»Ist mir noch lieber.« Ein hinterhältiges Grinsen breitete sich auf dem Pockengesicht aus. Ihm war eingefallen, wo er dem Schiefhals begegnet war, und er gedachte seinen Nutzen daraus zu ziehen. Der muss wissen, was ich gern wüsste. Und ich weiß, was ihm den Kopf kostet. Das gibt einen guten Handel ab zwischen uns beiden … So dachte der Wirt. Er rückte näher an seinen Gast heran. »Weißt du, woran alle Leute hier herumrätseln?«, fragte er.

»Woher soll ich's wissen! Sag's mir!«

»Der Störtebekerschatz verdreht ihnen die Köpfe. Auf Gold und Silber ist jeder scharf, auch der Rat. Aber das Schatzversteck haben sie nicht aus den Räubern herauspressen können. Von einer Goldkette flüstert man – so lang, dass sie um unseren Markt herumreicht. Daran mag glauben, wer will. Ich glaub's nicht. Aber einen Schatz muss dieser Seeräuber verborgen haben, so viel ist gewiss. Was sagst du dazu, Maat?«

»Viel Spaß bei der Schatzsuche!, sag ich«, spottete der Schiefhals.

»Von einem Schiffsmast erzählt man auch. Ausgehöhlt soll er sein und voller Gold und Silber.«

»Dann glaub's, wenn's dir Spaß macht!«

»An den Unfug glaub ich nicht, bin selber zur See gefahren und weiß, dass kein Seefahrer so was mit seinem Schiffsmast anstellt. Aber was anderes weiß ich auch: Du kennst das Versteck! Wär gut für deinen Hals, wenn du redest«, sagte das Pockengesicht drohend und fuhr sich mit dem Handrücken wie mit einer Klinge über den Hals. »Mir ist grad eingefallen, wo ich dich sah! Und das ist dein Tod, wenn ich's weitergeb! Spuck das Schatzversteck aus, Mann! Kann ein Geschäft zwischen uns beiden bleiben. Wir sind allein.«

Der Schiefhals sah dem anderen in das verschlagene Gesicht. »Ich lass mir nicht drohen«, warnte er wieder.

»Und ich war Hanseknecht in Bergen – im Jahr 92. Sagt dir das was, du Schiefhals?«

»Was du auch wissen magst – es soll dir keinen Nutzen bringen.« Der Schiefhals stand auf, machte drei Schritte auf die Tür zu.

»Bleib stehn! So kommst du mir nicht davon!«, knirschte das Pockengesicht und stützte die Hände auf das Tischholz. »Vor neun Jahren sah ich dich in Bergen, als die Vitalienbrüder das Hansekontor überfielen. Ich konnte mich retten und dich sah ich bei den Häusern der Handwerker. Du warst dabei, Schiefhals! Als Störtebekers Mann! Willst du jetzt reden? Oder soll ich dich lieber zum Henker schleppen?«

Anstelle einer Antwort schleuderte der Schiefhals blitzschnell seine letzte Waffe aus dem Handgelenk.

Das Pockengesicht schrie auf, stierte mit schreckweiten Augen auf seine rechte Hand: Ein schweres Spitzeisen hatte sie mit furchtbarer Wucht an das Holz genagelt!

Der Schiefhals zog eine Münze aus dem Wams, ließ sie vor die blutende Hand rollen.

»Die ist für dein gutes Hamburger Bier, Wirt! Ich zahl, was ich trinke. Das sagte ich dir. Und dank Gott, dass ich dir dein Leben ließ.«

Er drehte sich um und verließ ohne ein weiteres Wort die Spelunke am Hafen.

Nach Bergen will ich, denn ich bin frei, dachte der Schiefhals, als er die Hansestadt Hamburg durch das Nordtor verließ. »Du wirst sie wiedersehn!«, hat der Namenlose gesagt …

»Und daran glaub ich!«, sagte er laut.

Der Torhüter schaute ihm verwundert nach.

Auch Gödeke Michels und Magister Wigbold entgingen ihrem Schicksal nicht. Nicht lange danach (so sagt die Chronik des Rufus) wurden sie mit achtzig Gesellen gefangen nach Hamburg gebracht und ebenfalls auf dem Grasbrook enthauptet.

Verzeichnis der historisch genannten und bekannten Personen

Die Seeräuber:

Klaus Störtebeker
Gödeke Michels
Magister Wigbold
Fark Wichmann
Klaus Scheld

Die Regenten und ihr Gefolge:

Johann I. und Johann II.
Albrecht II. von Schweden
Margarete von Dänemark
Otto Peccatel
Albrecht von Brandis

Die Vitalier der Ostsee:

Henning Mandüvel
Hinrich Lüchow
Weddemunkel
Ludger von Derlow
Arend Styke
Marquard Preen
Lyppold Rumpeshagen
Rembold Sanewitz
Bertram Stokeled

Die Hansen:

Jakob Pleskow
Gregor Swerting
Hinrich Damerow
Herrmann Nynkerken
Nikolaus Schoche
Herrmann Langhe
Hinrich Jenefeldt
Simon von Utrecht
Lubberke Overdiek

Worterklärungen

abflauen	= Nachlassen des Windes
achteraus	= nach hinten
achterlich	= auf den Wind bezogen: von hinten her
achtern	= seemännischer Ausdruck für hinten
anbrassen	= ein Segel fest anziehen
auftuchen	= ein Segel auf der Rah zu einem Bund zusammenbinden
Balje	= wannenartiges, hölzernes Gefäß, übertragen: alter Kahn
Ballast	= Gewichte (Steine, Sand usw.), mit denen ein leeres Schiff beschwert wird, damit es gut im Wasser liegt
in Ballast fahren	= übertragen: Ein Schiff fährt *ohne* Ladung
Baltic	= alte Bezeichnung für Ostsee
Beidrehen	= ein Schiff mit dem Vorderteil in Windrichtung legen, sodass es keine Fahrt mehr macht
Bilge	= Raum unmittelbar über dem Schiffsboden
Bilgewasser	= das Wasser, das sich in der Bilge ansammelt
Blide	= schwere Schleuder, mit der große Steine geschleudert wurden

Block	= Rolle in einem Holzgehäuse zum Durchziehen von Tauwerk
Bodden	= seichte, unregelmäßig geformte Meeresbucht an der Ostseeküste
Bollwerk	= alter Ausdruck für Schiffsanlegestelle
Decksnaht	= Fuge zwischen den einzelnen Decksplanken
Eichenkrummholz	= Holz aus krumm gewachsenen Eichen(ästen); wurde viel im Schiffsbau für Biegungen verwendet
Eidam	= altes Wort für Schwiegersohn
entern	= gewaltsam an Bord gehen
Faden	= Längenmaß in der Schifffahrt; 1 Faden = 1,829 m
Feliciani	= 20. Oktober
fieren	= eine Leine losmachen
Fredekogge	= Kriegsschiff
Fuß	= altes Längenmaß, nicht immer gleich, um 30 cm herum
Gaard	= gemeint sind die umfriedeten Handelshöfe der Hansekaufleute in Bergen
Gei(e)	= Tau(e), mit dem das Segel an die Rah hochgezogen wurde
Gewappnete	= alter Ausdruck für Bewaffnete

Gischt	= Spritzwasser
Grundseen	= steile, gefährliche Wellen in Küstengewässern
Hansekontor	= Handelsniederlassung des Hansebundes
Hansetag	= jährliches (oder fast jährliches) Treffen der Hansestädte
Helling	= Bauplatz für Schiffsneubauten, zum Wasser hin geneigt
hochhieven	= etwas (z. B. Anker) hochziehen
Holk	= Frachtschiff der Hansezeit
Kabbelsee	= kleine, unruhige Wellen in Stromgewässern
Kalmarsund	= Durchfahrt zwischen der Insel Öland und der schwedischen Ostküste
kappen	= abschneiden, durchhauen, abschlagen
klarieren	= in Ordnung bringen
Krähennest	= Ausguckstonne im Mast
Kraier	= kleines Schiff der Hansezeit für die Küstenfahrt
kreuzen	= sich mit Segeln im Zickzack gegen den Wind voranarbeiten
Kreuzschläge	= die einzelnen Zickzackstrecken
Landfall	= der Punkt, an dem ein Schiff von See kommend Land erreicht

längsseits	= an einer Schiffseite (anlegen, vorüberfahren)
laschen	= seem. für: Gegenstände an Bord mit Tau fest machen
Last	= Vorratsraum unter Deck; auch Ladung, auch altes Gewichtsmaß für Schiffe: eine Last = ca. 2000 kg = 2 Tonnen
Lee	= dem Wind abgewandt, sinngemäß auch Leeseite, zu Lee, leewärts, Leeschutz usw.
Leegerwall	= die für Segelschiffe gefährliche Leeküste
Likedeeler	= »Gleichteiler«, so nannten sich die Seeräuber um 1400 herum selber
Lot(leine)	= Leine, mit der die Wassertiefe gemessen (ausgelotet) wurde
Lotblei	= das Beschwerungsblei am Ende der Lotleine
Luke	= auf Schiffen Verschlussdeckel (-tür) einer Öffnung
Luv	= dem Wind zugewandt, sinngemäß Luvseite, zu Luv, luvwärts
Maat	= alter Ausdruck für Steuermann
Nock	= äußerstes Ende einer Rah

Order	= im Handelsverkehr so viel wie Auftrag, Anweisung
Öresund	= Durchfahrt zwischen der dänischen Insel Seeland und der schwedischen Westküste
Orlog	= Kriegszug
ösen	= (ausösen) ausschöpfen
Petri Stuhlfeier	= 21. Februar, an dem die Schifffahrt im Frühjahr wieder begann
Pfundzoll	= entspricht 0,5 kg
Pinne	= (Ruderholz) hölzerner Hebelarm zur Bedienung des Ruders
Planken	= Holzbretter für das Deck und die äußere Schiffshaut
Plankennaht	= Linie, an der die Schiffsplanken aufeinanderstoßen; die Plankennaht musste abgedichtet werden
purren	= wecken, zum Dienst rufen
Quai	= befestigte Anlegestelle für Schiffe parallel zur Küste
Rah	= Rundholz, an dem das Segel befestigt wird
raumer Wind	= Wind, der das Schiff aus einer Richtung hinter der Querschiffsrichtung trifft, ein besonders günstiger Wind zum Segeln

reffen	= die Segelfläche verkleinern, sinngemäß Reff
Riemen	= seemännische Bezeichnung für Ruder (während der Seemann unter »Ruder« ein Steuerruder versteht)
Schanzkleid	= hölzerne Umrandung oberhalb des Decks
Schären	= kleinere und größere Felseninseln vor den skandinavischen Küsten
Schiffsvolk	= alter Ausdruck für Mannschaft
Schnigge	= kleines, schnelles Segelschiff der Hansezeit
Schot	= Tau von der unteren Ecke eines Segels an Deck zur Bedienung eines Segels
Spanten	= rippenartige Stützbalken, die dem Schiff die äußere Form geben
Spill	= auch Ankerspill, Winde zum Aufholen des Ankers
Stockfisch	= getrockneter Fisch (Dorsch)
Talje	= aus Rollen, Blöcken und Tauen bestehendes Hebezeug (Flaschenzug)
Tide	= Gezeiten = Ebbe und Flut
Tross	= Trosse, starke Leine

verholen	= ein Schiff auf einen anderen Platz legen
vogelfrei	= ist im Mittelalter jemand, der nicht mehr den Schutz des Gesetzes genießt
Wanten	= seitlich gespannte Stütztaue der Masten
warpen	= ein Schiff mithilfe des Ankers vorwärts oder rückwärts ziehen
Webeleinen	= quer laufende Taue, die die Wanten verbinden und so eine Art Strickleiter ergeben
wriggen	= ein Boot durch eine achtförmige Drehbewegung eines Riemens vorwärtsbewegen